Am liebsten hält Onkel Heinrich euphorische Reden auf den Führer und die Bereinigung der Volksgemeinschaft. Er träumt von germanischem Heldentum. Doch der Tod holt ihn im Treppenhaus ab, als er ein Marmeladenglas aus dem Keller holen will – denn der Führer hatte dummerweise seine Frau samt ihrer hausfraulichen Pflichten evakuieren lassen.
Das Leben ist ein Irrtum – so könnte Dietrich Bächlers Erzählband untertitelt werden. Skurril, ideenreich und voller Humor gestaltet er seine vier unterschiedlichen Geschichten. So hält auch das Leben von Franz Kleinschmidt eine Überraschung bereit, als er bei seiner Blinddarmoperation das Gesicht des Verkäufers von Aldi über sich sieht ...

Dietrich Bächler, geb. 1929 in München, studierte Rechtswissenschaften in Tübingen und München. Von 1959 bis 1994 war er im Bayerischen Wissenschafts- und Kunstministerium tätig, zehn Jahre als Leiter der Universitätsabteilung, zuletzt als Leiter der Kunstabteilung. Seit seiner Pensionierung arbeitet er in der Direktion des Germanischen Nationalmuseums in Nürnberg. Von Dietrich Bächler sind außerdem lieferbar: »Der beamtete Korse«, Satirischer Roman (2000); »Anschlag auf Goethe«, Roman (2000); »Der Überflieger«, Roman (2003) und »Ruhestand«, Roman (Allitera 2004).

Dietrich Bächler
Engelsbotschaft

Erzählungen

Weitere Informationen über den Verlag und sein Programm unter:
www.allitera.de

Bibliographische Information der Deutschen Bibliothek

Die Deutsche Bibliothek verzeichnet diese Publikation in der Deutschen
Nationalbibliographie; detaillierte bibliographische Daten sind im Internet
über <http://dnb.ddb.de> abrufbar.

Oktober 2005
Allitera Verlag
Ein Books on Demand-Verlag der Buch&media GmbH, München
© 2005 Buch&media GmbH (Allitera Verlag)
Umschlaggestaltung: Kay Fretwurst, Freienbrink
Herstellung: Books on Demand GmbH, Norderstedt
Printed in Germany · ISBN 3-86520-139-3

Inhalt

Onkel Heinrich 7

Konfirmation im Krieg 55

Aldi in der Klinik 61

Engelsbotschaft 70

Onkel Heinrich

I

Peter fühlte sich unbehaglich. Zweimal war er nun umgestiegen, seitdem ihn seine Eltern an den Bahnhof seiner bayerischen Heimatstadt gebracht hatten, zuletzt in Stuttgart. Er hatte immer den richtigen Zug gefunden. Die Schaffner hatten an seiner Fahrkarte nichts auszusetzen und der kleine hellbraune Lederkoffer, der eigentlich seiner Mutter gehörte, lag wohlbehalten über ihm im Netz. Es war nicht die Fahrt, die ihn beunruhigte. Ihm war nicht wohl bei dem Gedanken an das Ziel, bei dem Gedanken an Tante Guste und Onkel Heinrich. Er wusste, in Karlsruhe am Bahnsteig würde Tante Guste auf ihn warten, Tante Guste mit dem schweren, männlichen Schritt und der immer faltig hochgezogenen Stirn, unter der die graublauen Augen umso größer erschienen, gebieterisch und alles wissend. Tante Guste war Volksschullehrerin gewesen, mit Leib und Seele, wie sie selbst sagte. Aber nach der Eheschließung mit Studienrat Dr. Heinrich Blohmann im Mai 1937 duldete das Beamtengesetz sie nicht mehr im Lehrberuf, denn es war der Meinung, die Frau könne nur einem Herren dienen, dem Ehemann oder dem Staat. So diente sie fortan Studienrat Blohmann zu mancherlei Zwecken. Unter anderem wusste er ihre außergewöhnliche orthographische Treffsicherheit zu nutzen. Hausaufsätze der Unter- und Obertertia korrigierte sie nach den Regeln der Rechtschreibung. Da war Verlass auf Klein und Groß und Dr. Blohmann brauchte sich damit nicht aufzuhalten.

Bei Peter war da leider kein Verlass. Im Gegenteil, das erste Zeugnis der Oberschule für Knaben, vor gut drei Wochen ausgehändigt, hatte Mängel in der Rechtschreibung ausdrücklich beanstandet und die ersten Versuche in der englischen Sprache hatten auch nur mit befriedigendem Erfolg geendet.

So schickten Peters Eltern ihn mitten in den großen Ferien am 20. August 1939 nach Karlsruhe, damit Tante Guste und Onkel

Heinrich Abhilfe schafften. Bei Tante Guste wusste er, was ihn erwartete: Diktat auf Diktat und zuweilen ein Ohrenziehen mit dem Begleitspruch: »Wer nicht hören will, muss fühlen.«

Onkel Heinrich dagegen konnte er nicht einschätzen. Er war ihm nur einmal begegnet, am Tage der Hochzeit vor zwei Jahren. Im dunkelblauen Anzug, das schwarz-weiß-rote Parteiabzeichen mit dem Hakenkreuz auf dem Revers, schritt er neben seiner hoch gewachsenen, weiß wogenden Braut, einen halben Kopf kleiner als diese, die rechte Schulter hochgezogen, als wollte er eine Brücke bauen hinauf zu Tante Gustes schleierumspieltem Haupt. Sein Kopf neigte sich ein wenig nach rechts der Schulter entgegen. Er hielt ihn starr und unbeweglich und als der Pfarrer ihn nach dem Ja-Wort fragte, begleitete er sein Bekenntnis mit einem heftigen Beben, das vom Nacken zum Kopf aufstieg. Aufregungen aller Art riefen bei ihm diesen Tremor hervor, und Peter verband damit das Gerücht, die Schüler hätten ihm den Spitznamen »Waggele« verliehen. Sympathisch war ihm dieser neue Onkel nicht erschienen, als er ihm nach der Trauung die Hand geben durfte. »So, ja«, sagte Onkel Heinrich, merkwürdig abgehackt, und damit pflegte er, wie Peter bald bemerkte, fast alle seine Gesprächsbeiträge einzuleiten. Dann beugte er sich zu Peter hinunter und sah ihn ein wenig belustigt durch seine randlose Brille an. Peter konnte dabei die ganze Kopfanlage überblicken: den tiefen Scheitel, knapp über dem linken Ohr, und die Strahlen, die von dort sorgfältig quer über die Schädeldecke gelegt waren, um Brücken zu bauen zu den Restbeständen des dunkelbraunen Haares über dem rechten Ohr. Schließlich war Onkel Heinrich die Frage nach dem Alter eingefallen und er kommentierte die Antwort mit dem Bemerken: »Da hast du noch zwei Jahre Zeit bis zur Oberschule. Dann beginnt der Ernst des Lebens!« Wie sollte er da Gutes erwarten für diese Ferienwochen?

Tante Guste stand pünktlich am Bahnsteig und nahm alles entschieden in die Hand, wie es ihre Art war. Zuerst den Neffen. Sie hob ihn auf die Zehenspitzen, presste seinen schmalen Oberkörper an ihre üppige Brust und küsste ihn auf beide Backen. Peter fand dieses Schauspiel entwürdigend. Er hätte am liebsten um sich geschlagen, um sich zu befreien. Aber er sah die Aussichtslosigkeit eines solchen Aufstands, und die Wut staute sich in seinem Kopf. Mit Worten konnte er dem Überschwang der Tante sowieso nicht begegnen. Stattdessen lehrte die Tante ihm auf dem Fußweg zur Wohnung wortreich die Regeln, die sie für sein Leben in Karlsruhe zusammengestellt hatte.

Das oberste Gesetz hieß: »Störe Onkel Heinrich nie.« Zwischen neun und ein Uhr sind laute Töne in der Wohnung generell zu vermeiden, selbst die Wasserspülung im WC sollte ruhen. Onkel Heinrich arbeitet in diesen Stunden an seiner Habilitation. Auch sonst will er nicht angesprochen werden. Man könnte einen Gedanken aus seinem Kopf vertreiben, der der Habilitation dienlich ist. Er allein eröffnet das Gespräch.

Die Schwelle seines Arbeitszimmers darf niemand überschreiten, es sei denn, er bittet ihn herein. Onkel Heinrich leidet unter dem Pfeifen von Melodien aller Art, Mundgeräuschen beim Essen, Tellergeklapper, schwarzen Fingernägeln und jeglichem Herumfingern an der Nase.

Sein Schlaf ist immer gefährdet. »Du wirst in einer gefangenen Kammer schlafen, die nur durch unser Schlafzimmer betreten werden kann! Du darfst sie niemals verlassen, solange Onkel Heinrich sich im Schlafzimmer aufhält. Entwarnung wird am Morgen durch dreimaliges Klopfen an der Türe gegeben. Tritt ein Bedürfnis früher auf und ist es auch mit energischem Willen nicht zu zügeln, musst du das Nachtgeschirr benützen, das in der unteren Etage des Nachtkästchens zu finden ist.«

Als Tante Guste die Wohnungstüre aufschloss, war es bereits kurz nach fünf Uhr nachmittags, also längst nicht mehr Habilitationszeit. Onkel Heinrich ließ sich denn auch durch das Geräusch auf den Flur locken. Er trug einen dunkelbraunen flauschigen Hausrock, der – nach der Art preußischer Husaren – mit quer laufenden Schnüren besetzt und mit Knebeln geschlossen war.

»So, ja«, sagte er erwartungsgemäß, als er Peter kräftig die Hand drückte, fügte aber schnell hinzu: »Da bist du ja! How are you? What about your English?«

Peter fand diesen direkten pädagogischen Zugriff übertrieben, errötete und verstummte.

Tante Guste, im Lehrerseminar didaktisch besser geschult, rettete die Situation. »Nun lass den Jungen erst mal zur Ruhe kommen, Heinrich! Ich zeige ihm das Zimmer, und seine Hände will er sicher auch waschen.«
So trug Peter sein Köfferchen durch das eheliche Schlafzimmer, dessen trutzige Eichenbetten wie zwei Schlachtschiffe nebeneinander ankerten. Ein Sonnenanbeter in schwarzem Rahmen mit Silberrand hing über dem Kopfende. Der nackte Mann, eine einfarbige Lithographie, stand mit den Zehenspitzen auf einem bogenförmigen Gebilde, das ein Regenbogen oder ein Wasserfall sein mochte, jedenfalls etwas auf dem man nicht stehen kann, und reckte seine beiden Arme dem Licht entgegen, das von rechts oben auf sein Haupt flutete.
Die gefangene Kammer dahinter erwies sich als wenig freundlich. Schrank, Bett, Nachtkästchen und Fensterkreuz, alles drückte in schmutzigem Dunkelbraun auf Peters Gemüt. Durch das schmale Fenster sah er nicht die Fluten des Lichts, wohl aber die Mülltonnen des Hinterhofs.

Das Abendessen begann schon um viertel nach sechs Uhr.
»Der Magen muss leer sein, wenn man zu Bett geht«, sagte Onkel Heinrich. »Man schläft sonst schlecht, leidet gar unter saurem Aufstoßen.«
Luft drängte sich aus seinem Magen auch während des Essens nach oben, da er – von seinen Gedanken gejagt – Essen und Reden nicht säuberlich trennen konnte und so erhebliche Luftströme mit dem Essen hinunterschluckte. An diesem ersten Abend mit Peter waren Luftdruck und Redefluss besonders stark. Es ging um Polen und Peter hörte es dankbar, denn auf diese Weise war er weder auf Englisch noch überhaupt im Gespräch.
Onkel Heinrich hatte die Nachrichten im Volksempfänger gehört und darin war von polnischen Übergriffen auf Volksdeutsche die Rede gewesen, von Schikanen der Behörden, willkürlichen Verhaftungen und tätlichen Angriffen polnischer Rowdys.
»Es ist höchste Zeit«, meinte Onkel Heinrich, »dass der Führer eingreift und die Volksdeutschen befreit. Damit aber ist es nicht getan. Man muss die Rolle der Polen in der Geschichte grund-

sätzlich überdenken. Nicht umsonst ist dieses Volk meist unter Fremdherrschaft gestanden. Dieses Volk«, sprach Onkel Heinrich mit erregter Stimme weiter und das Zittern erfasste seinen Kopf kurz aber heftig, »dieses Volk ist regierungs- und kulturunfähig! Was auf polnischem Staatsgebiet an Kultur zu finden ist, hat deutscher Geist geschaffen oder zumindest beeinflusst. Polnische Wirtschaft ist sprichwörtlich für Misswirtschaft, und wenn Ordnung und Kultur wieder in derzeit polnische Lande einziehen sollen, muss dies unter deutscher Herrschaft geschehen.«

Es gab Aufschnitt an diesem Abend und Onkel Heinrich kam schon zu Beginn seiner Polenschelte schwer damit zurecht. Seine zittrig erregten Hände brachten die Haut nicht von den dünnen Wursträdchen. Immer wieder rutschte er mit dem Messer aus und kratzte über den blanken Teller, ein Geräusch, das an seinen Nerven zehrte, die Erregung steigerte und so die Messerführung erneut erschwerte.

Tante Guste griff alsbald ein, ohne ein Wort zu verlieren. Sie enthäutete behände, belegte das Brot und teilte es in handliche Schnitten. Auch den Lindenblütentee goss sie ein und so kam es, dass Onkel Heinrich nach Beendigung seiner Abrechnung mit den Polen drei Wurstbrote und ein Käsebrot verzehrt hatte.

Tante Guste war es auch, die den Vorschlag machte, nach dem Essen noch zu musizieren und so die Stunde des Gesangs nachzuholen, die in der Regel zwischen sechzehn und siebzehn Uhr angesetzt wurde, heute aber der Ankunft des Neffen zum Opfer gefallen war. Die Eheleute Blohmann pflegten das Liedgut deutscher Innerlichkeit: Schumann, Brahms, Hugo Wolf und Reger: sie im Sopran, er am Blüthnerflügel, der in seinem Arbeitszimmer stand.

So öffnete Onkel Heinrich die weiße Schiebetüre zu seinem Refugium, und Peter sah erstmals auf die matt glänzende schwarze Pracht. Schwarzer Schleiflack überzog alles, den mächtigen Schreibtisch, auf dem ein Stapel Konzeptpapier und die Schreibutensilien in peinlicher Ordnung lagen, den Bücherschrank mit den großen Glasscheiben in den Türen, den kleinen runden Besuchertisch und nicht zuletzt den majestätischen Flügel, dessen Deckel offen stand und das weiß schimmernde Elfenbein dem Zugriff des Beherzten anbot.

Heute war Brahms angesagt. Vielleicht hatte Peter in den Eheleuten Blohmann die Sehnsucht nach dem Kinderland geweckt. Jedenfalls begannen sie mit dem Lied: »O wüsst ich doch den Weg zurück, den lieben Weg zum Kinderland!« Schon im Vorspiel ließ Onkel Heinrich die Sehnsucht in Wogen an- und abschwellen, die aus der Tiefe des Gemüts kamen, seine Schultern hatte er hochgezogen, die rechte mehr als die linke. Von diesen Höhen drückte er mit seinen kurzen Armen und den kräftigen Fingern hinunter auf die Tasten, verhalten zwar, doch ausdrucksstark. Tante Guste pflegte freimütig zu bekennen, dass ihre Gesangstechnik unzulänglich sei. Für längeren Unterricht habe sie nie das Geld gehabt. Aber an Vortragskunst, so betonte sie selbstbewusst, nehme sie es mit jeder Operndiva auf. In der Tat war schon ihre äußere Gestaltungskraft eindrucksvoll. Jedes Crescendo wand sich durch ihren ganzen Körper nach oben. Sie hob die Fersen, das Zwerchfell, die stattliche Brust; die nach oben gezogene Backenmuskulatur schob an beiden Seiten der leicht gezinkten Nase tiefe Falten und die Augenbrauen drangen bis kurz unter den Haaransatz. Jedes Decrescendo dagegen ließ diese Muskelanspannung wieder bis zur Ausgangsposition abschwellen. Im Pianissimo des resignierenden Liedendes sank dann die ganze kräftige Gestalt in sich zusammen. »Vergebens such ich nach dem Glück, ringsum ist öder Strand«, hauchte Tante Guste und die Schwingungen ihrer Stimmbänder waren kaum mehr vernehmbar. Onkel Heinrich seufzte im Nachspiel noch einige Male auf und ab, um schließlich den Schlussakkord zu arpeggieren. Die Finger ließ er geraume Zeit auf den Tasten liegen. Sie vibrierten, aber die starre Mechanik des Klaviers konnte dieses Beben den Saiten nicht vermitteln.

Peter schaute wohl etwas traurig nach all den elegischen Tönen, obgleich er die heftige Sehnsucht nach der Kindheit nicht nachvollziehen konnte. Das veranlasste Tante Guste zu dem Vorschlag, zwar bei Brahms zu bleiben, aber leichtere Kost aus den Volksliedern zu wählen.

Sanft bewegt begann sie die schlicht-innige Weise: »Da unten im Thale läuft's Wasser so trüb und i kann dir's nit sagen, i hab di so lieb.« Mit dem treuherzigen Blick der heiteren Naiven schaute sie hinab auf Onkel Heinrichs kunstvolle Haarbrücken. Der aber konnte nicht zu ihr aufblicken, denn er hatte genug zu tun, sich ohne Stolpern durch die Terzen- und Sextengänge hindurchzufingern.

Fast übermütig wurden die Eheleute Blohmann dann, als sie dem Mädel einen Rosenmund bescheinigten. »Wer ihn küsst, der wird gesund«, schmetterte Tante Guste ungehemmt und auch Onkel Heinrich konnte seinem begleitenden Wum-da, Wum-da freien Lauf lassen.

Peter allerdings dachte an die Umarmung am Bahnsteig, an Tante Gustes Wangenküsse und er stellte sich schaudernd vor, sie könnte das nächste Mal auf die Idee kommen, ihn auf den Mund zu küssen. Er war sich sicher, dass dies seine Selbstbeherrschung sprengen und zu Tätlichkeiten führen würde.

Tante Guste, in übermütiger Stimmung, setzte noch ein Lied aus launigem Volksmund drauf. »Och Mod'r, ich well en Ding han!«, rief sie auf Kölnisch. Die Tochter wollte ein Ding haben. Und die Mutter konnte es nicht erraten. Ein Püppchen war es nicht, kein Ringelchen und kein Kleidchen. Schwer von Begriff war die Mutter oder zumindest stellte sie sich so. Aber am Ende hatte sie es erraten: die Tochter wollte »ene Mann han. Dingderlingdingding!« Da ließ Tante Guste die Tochter über ihre kluge Mutter jubeln und auch Onkel Heinrich missachtete die Weichheit seines Blüthners und hämmerte die Schlussakkorde in E-Dur hart und kräftig. Dann hörte Peter ihn zum ersten Mal lachen. Es klang wie das Meckern eines Geißbocks und wollte kein Ende nehmen.

II

Der nächste Vormittag verlief für Peter überraschend ruhig. Zwar musste er um 9.15 Uhr zum Diktat und Tante Guste zog alle Register ihrer Groß- und Kleinkunst, etwa mit dem Satz: »Das wenigste, was man von dir verlangen kann, ist ein Zuwenig an Fleiß zu meiden.« Aber schon um 9.45 Uhr ertönte die Türklingel dreimal und Tante Guste verstummte jäh. Dreimal, das war die Schwiegermutter. Sie kam zweimal wöchentlich zur Visitation, unangemeldet, an wechselnden Wochentagen und zu wechselnder Tageszeit.

Als sie über die Schwelle trat, erschien sie Peter wie ein Illustriertenbild aus kaiserlicher Zeit. Ein mächtiger kreisrunder Strohhut, schwarz, mit weißer Feder geziert, saß auf ihrem Kopf, die kurze, matronenhaft üppige Figur umhüllte ein knöchellanges schwarzweißes Seidenkleid und von den Händen zog sie mit gestreckten Fingern weiße Glacéhandschuhe, als sie Tante Guste entgegenrief: »Guten Morgen, meine Liebste!« Sie wählte den Superlativ, weil sie ihn mit den Lippen zuspitzen konnte wie eine Nadel, und Tante Guste spürte den Nadelstich.

Frau Blohmann, frühe Witwe eines am Gehirnschlag verstorbenen Rechtsanwalts, hatte in der Blüte ihrer Mädchenjahre zwei Mal Gelegenheit, dem Großherzog von Baden hofknicksend Blumen zu überreichen. Seither bewahrte sie Hoheit in Haltung und Stimme.

Ihren einzigen Sohn Heinrich behütete sie vor den Gemeinheiten dieser Welt wie einen Prinzen. Hatte er nicht den Adel des Blutes, so sollte er doch den Adel des Geistes erwerben. Summa cum laude promoviert, die Habilitation unter der Feder, schien er auf bestem Wege, als ihn die Volksschullehrerin, Tochter eines kleinbürgerlichen Buchhalters, einfing. Eine »Mesalliance« hatte Witwe Blohmann ihrem Sohn empört vorgeworfen, aber Heinrich wollte von seiner Guste nicht lassen, wie denn auch schon mancher Prinz den Reizen der Nichtstandesgemäßen erlegen ist.

Zur Hochzeit war Witwe Blohmann zwar erschienen, hatte

sich jedoch ganz in Schwarz gekleidet und bei der kirchlichen Trauungszeremonie, die ein Pfarrer der Deutschen Christen vornahm, hörbar geschluchzt. Mochte dies noch als festliche Rührung oder als Abschiedsschmerz vom geliebten Sohn nachgehen, so waren die Tränen, die sie beim Verzehr der Creme Bavaroise als Abschluss des Hochzeitsmahls vergoss, in keiner Weise mehr zu rechtfertigen. Sie verdarben die Stimmung an der festlich gedeckten Tafel, und das sollten sie auch.

Bald aber hatte Witwe Blohmann ihre Hoheit wiedergefunden. Ihre Wohnung nahm sie zwei Häuser neben der des jungen Paares, und dort sah sie seitdem nach dem Rechten, wobei sie – zu ihrem Bedauern – häufig auf Unrechtes stieß. Das war auch heute nicht zu vermeiden. Noch im Flur streifte sie mit der eben vom Handschuh befreiten Rechten wie aus Versehen über den Fenstersims, betrachtete dann das Innere ihrer Finger mit dem Ausdruck leicht angewiderten Erstaunens, um unverzüglich an ihre Schwiegertochter die Frage zu richten: »Ich darf mir doch schnell die Hände waschen bei euch?«

Tante Guste lief rot an, unterdrückte vieles und sagte nur: »Bitte!« mit zwei sehr harten »T«.

Anschließend nahmen die beiden Frauen am Wohnzimmertisch Platz, und Frau Blohmann bekam – wie immer – ihren Hagebuttentee vorgesetzt, dem sie erfrischende Wirkung zuschrieb. Das Gespräch drehte sich um das Radfahren. Frau Blohmann war empört. Sie konnte es kaum glauben, aber ihr Sohn hatte es ihr bei seinem letzten Besuch gestanden; er hatte das Radfahren erlernt, von seiner Frau natürlich, der nichts Besseres einfiel, als Heinrich so ins Gewöhnliche zu ziehen.

Tante Guste bekannte sich zu ihrer Tat. Höchste Zeit sei es, dass Heinrich nachholt, was er als Bub versäumt hat.

»Einen Stubenhocker hast du aus ihm gemacht!«, klagte sie mit erregter Stimme. »Schwer genug war es für mich, den ängstlichen Mann auf dem schwankenden Rad zu halten und neben ihm herzulaufen bis er die Balance alleine finden konnte. Da hättest du's mit dem Buben früher leichter gehabt. Aber jetzt habe ich's geschafft. Und Heinrich, Heinrich ist glücklich dabei!«

Witwe Blohmann zeigte sich nicht beeindruckt. Im Gegenteil, Nase und Augenbrauen hochgezogen blickte sie voller Verachtung auf die Freuden des Gewöhnlichen. »Nichts ist lächerlicher«, sagte sie, »als ein radelnder Herr. Schon die Kleidung wirkt ridikül. Lange Hosen mit Fahrradklammern zusammengehalten, das taugt allenfalls für Buchhalter. Und Knickerbocker entblößen krumme Waden ebenso wie dünne. Dazu die Bewegung, dieses Strampeln, ein Säugling strampelt, aber kein Herr!«

Als Tante Guste immer noch trotzig vor sich hin blickte, stolz auf ihren radelnden Heinrich, holte Witwe Blohmann zum entscheidenden Schlag aus.

»Kannst du dir etwa unseren Führer auf dem Fahrrad vorstellen?«, fragte sie mit Triumph in der Stimme. »Der Führer radelt nicht, der Führer schreitet!«

Tante Guste verstummte. In der Tat, der Führer auf dem Fahrrad, vielleicht mit Hosenklammern, das hatte etwas Entweihendes, geradezu Blasphemisches an sich. Man sollte an so etwas nicht denken, aussprechen sollte man es schon gar nicht.

Da öffnete sich die Türe zum schwarzen Salon und Onkel Heinrich, vom Rededuell der Frauen aufgeschreckt, schritt ins Wohnzimmer. »Mama«, rief er, »wie schön, dass du uns besuchst!« Er küsste Witwe Blohmann auf die linke Wange und setzte sich zwischen die beiden Frauen, rückte seinen Stuhl aber ein wenig näher an den seiner Mutter.

»Du siehst blass aus«, sagte Frau Blohmann mit besorgter, ja trauriger Stimme. »Du überarbeitest dich! Guste sollte darauf achten, dass du an die Luft kommst. Aber um Gottes Willen nicht mit dem Fahrrad, das überanstrengt dich erneut und ist obendrein lächerlich. Du solltest gegen Abend entspannt und ruhig spazieren gehen, am besten im Schlossgarten.«

»Du hast sicher Recht, Mama«, sagte Onkel Heinrich und neigte seinen Kopf schräg lächelnd nach rechts, während er die linke Hand begütigend auf die Rechte seiner Frau legte. Tante Guste spürte, wie seine Finger dabei ein wenig zitterten. Das ärgerte sie. Jäh zog sie ihre rechte Hand weg und vereinte sie mit der Linken auf ihrem Schoß.

Witwe Blohmann hatte schon ein neues Thema eröffnet. Vorgestern sei sie noch nach dem Abendessen vorbeikommen, um ein wenig zu plaudern. Aber niemand habe ihr aufgemacht. Ob sie denn ausgegangen waren?

»Guste und ich waren im Kino«, bekannte Onkel Heinrich in spontaner Offenheit. »›Der Mustergatte‹ mit Heinz Rühmann wurde gegeben, köstlich sage ich dir, einfach köstlich!« Mitten im Satz zuckte er heftig zusammen. Tante Guste war mit ihrem rechten Absatz kräftig auf seinen linken großen Zehen getreten.

Kino, das wusste sie, war kein Ort, den Witwe Blohmann als standesgemäß betrachtete. Die Mahnung mit dem Absatz kam zu spät.

»Vor deiner Heirat bist du nie ins Kino gegangen, Heinrich«, bemerkte Witwe Blohmann mit spitzer Entrüstung. Mit mir warst du der Meinung, das Kino sei eine Vergnügungsstätte für Dienstmädchen, die mit ihren Burschen im Dunkeln ihr Unwesen treiben. Ein künftiger Ordinarius hat in dieser Gesellschaft nichts zu suchen. Das solltest auch du lernen, liebe Guste!«

Tante Guste lief dunkelrot an und Onkel Heinrich wusste, dass ein Zusammenstoß bevorstand, wenn er nicht sofort handelte. »Guste und ich gehen vor allem wegen der Wochenschau hin und wieder ins Kino«, sagte er hastig und ein wenig lispelnd vor Nervosität. »Vorgestern zeigten sie in der Wochenschau den Führer auf dem Obersalzberg. Es ging Festigkeit und Zuversicht von ihm aus. Guste und ich spürten, dass er das Steuer der Geschichte in seiner Hand hält. Ob Krieg oder Frieden, er wird die Geschichte meistern. Dies zu wissen in den krisenhaften Tagen, die wir durchleben, macht stark und glücklich!«

Heinrich hatte die beiden Frauen in den Bann eines Mächtigen gezogen. Ihr Streit erlosch im gemeinsamen Glauben. Witwe Blohmann erhob sich. Besorgungen und der Besuch bei einer Freundin im Altersheim drängten.

Sie ging auf Peter zu, der still in der Ecke gesessen hatte, ein englisches Vokabelheft vor sich. »Nun Peter«, sagte sie, »ich hoffe, du machst deinem Onkel keinen Ärger und störst ihn nicht bei der Arbeit. Er hat Großes zu bewältigen. Wenn man dich hier nicht brauchen kann, kommst du einfach zu mir. Ich habe einen Kanarienvogel. Er pfeift, wenn du ihm etwas vorsingst.«

Kaum hatte Witwe Blohmann die Wohnungstüre hinter sich geschlossen, stürmte Tante Guste ins eheliche Schlafzimmer. Onkel Heinrich folgte ihr in gemessenem Abstand mit gesenktem Kopf. Peter hörte das heftige Hin und Her ihres Geflüsters, konnte aber die Worte nicht verstehen. Er wusste, dass er diesen Vormittag keinen Unterricht mehr zu befürchten hatte und war zufrieden damit.

III

Die Ermahnung seiner Mutter, spazieren zu gehen, hatte Onkel Heinrich nicht unbeeindruckt gelassen. Nach der Stunde des Gesangs wurde von siebzehn bis achtzehn Uhr eine Stunde der Bewegung eingeschoben. Meist hatte Peter seinen Onkel dabei zu begleiten. Die Bewegung drängte ihn zum Monolog. Und nichts dozierte er lieber als Geschichte. Deutsch, Geschichte und Englisch waren seine Lehrfächer. Aber Geschichte weckte seine Leidenschaft, sollte ihn auf den Katheder einer deutschen Universität tragen.

»Die deutsche Geschichte als Weg zum Nationalsozialismus« hieß das Thema der Habilitationsschrift, an der er arbeitete. Alle großen Gedanken haben einen einfachen Kern, sagte sich Onkel Heinrich. Warum sollte nicht auch ein Zehnjähriger diesen schlichten Kern begreifen können. So entstand vor Peters staunenden Augen das Stahlgerüst einer großdeutschen Habilitation.

Auf welchen Wegen man dabei schritt, war nebensächlich. Onkel Heinrich achtete nicht darauf. Vom Getöse eines Lastwagens, dem Bellen eines Hundes oder dem unerwarteten »Heil Hitler« eines Bekannten aufgeschreckt und aus dem Gedankenfluss geworfen, hatte er oft Mühe sich zu orientieren. Er suchte dann nach dem Straßennamen, um den Standort zu bestimmen und die Richtung für den Heimweg zu finden.

Zuweilen strebte er nach dem Schlossgarten, vielleicht weil seine Mutter ihm dazu geraten hatte. Aber die Blumen ließen ihn gleichgültig und die Liebespaare auf den Bänken sah er nicht. Er konnte drei- bis viermal vor ihnen auf und ab gehen, ohne die gehässigen Blicke der Gestörten zu spüren. Nur Peter genierte sich und drehte den Kopf nach der anderen Seite.

Zunächst ging es um Grundsätzliches. »Eine objektive Geschichtsbetrachtung gibt es nicht«, stellte Onkel Heinrich apodiktisch fest. »Merk dir, Peter, wer das Gegenteil behauptet, ist entweder dumm oder heimtückisch. Er deckt die Farbe nicht auf, mit der er spielt.

Der Versailler Vertrag ist für den französischen Historiker ein Triumph seiner Nation, für den deutschen eine Schande, die getilgt werden muss. Niemand kann aus seiner Nation, es sei denn, er verrät sie. Geschichtsschreibung aber ist nicht nur an die Nation, sie ist auch an die Weltanschauung gebunden. Der Marxist sieht die Geschichte als Klassenkampf, in dem das Proletariat siegen wird. Der Christ sieht sie als Weg durch das von der Erbsünde verderbte Jammertal, aus dem er erst im Jenseits erlöst werden kann. Für den Nationalsozialisten aber führt die Geschichte zur Weltherrschaft der nordischen Rasse. Die nordische Rasse ist der wahre Adel der Menschheit. In ihr findet der Mensch zu sich selbst, zum Übermenschen, der sein Schicksal selbst bestimmt, der keinen Gott mehr über sich hat!«

Das kam in rollendem Pathos, ergriff Peter und hob ihn auf eine Woge, die ihn hinwegtrug aus der engen Welt der Rechtschreibung und der englischen Vokabeln in die Weite des Ozeans. Es war dieselbe Woge, die aus dem Volksempfänger strömte, wenn der Führer sprach. Nur gingen die Wellen, vom bellenden Stakkato gepeitscht, dann höher und höher bis sie im Gebrüll alles verschlangen, was noch standhaft war.

Peter hatte nicht mehr auf die Menschen in seiner Umgebung geachtet, als vom Übermenschen die Rede war. Er dachte, auch Onkel Heinrich fühle nur noch die Weite des Ozeans. Umso mehr erschrak er, als dieser jäh verstummte, seine Schritte anhielt und mit einem Gesichtsausdruck, der tiefes Entsetzen verriet auf eine fremde Spaziergängerin starrte. Die Dame mittleren Alters führte einen weißen Kleinpudel mit sich. Um ihm Spielraum für ein dringendes Bedürfnis zu verschaffen, hatte sie soeben die Leine losgeklinkt, und die gekräuselte Unschuld hockte an einer niedrigen Begrenzungshecke nur wenige Zentimeter vom Wegrand entfernt und drückte auf den Rasen, was von ihrer Nahrung nicht zu verwerten war.

»Schweinerei, unerhörte Schweinerei!«, brüllte Onkel Heinrich, außer sich vor Empörung. Sein Kopf bebte und färbte sich in beängstigendes Dunkelrot. Im Sturmschritt eilte er zum Ort des Geschehens, während Peter sehr zögernd nachfolgte. Die Dame war überrascht, aber nicht verlegen. Peter fand ihre Kleidung auffallend, jedenfalls nicht dem damals Üblichen entsprechend. Sie trug keinen Rock, sondern lange hellbeige Hosen aus Gabardine mit einem rotbraunen, geflochtenen Ledergürtel und eine weiße Hemdbluse mit aufgesetzten Taschen. Peter war jetzt nahe genug, um zu erkennen, dass ihr Gesicht geschminkt war. Die Lippen glänzten in einem hellen Rosarot und die Haut konnte ihre dunkle Bräune kaum der Sonne verdanken, die sich in letzter Zeit wenig gezeigt hatte.

»Warum regen Sie sich denn so auf«, setzte die Dame dem Anstürmenden gelassen entgegen. »Was der Hund verrichtet, ist das Natürlichste der Welt.«

»Der Schlossgarten ist keine Bedürfnisanstalt«, keuchte Onkel Heinrich. »Ekelhaft, wenn man hineintritt und das Zeug an den Schuhen hat!«

»Gehen Sie auf dem Weg und Sie bleiben gewiss verschont«, entgegnete die Dame immer noch gelassen und ein wenig spöttisch. Dies reizte Onkel Heinrich zu einem massiveren Angriff, zumal der Pudel in ihm einen Feind erkannt hatte und ihn mit heller Zwergenstimme anzukläffen begann.

»Nehmen Sie Ihren ekelhaften Köter gefälligst wieder an die Leine!«, zischte er.

»Sie mögen wohl keine Hunde«, kam es immer noch gelassen zurück.

»Hunde?«, höhnte Onkel Heinrich. »Hunde mag ich, den deutschen Schäferhund zum Beispiel, aber nicht einen degenerierten widerlichen Pintscher wie den Ihren, eine abartige Fehlzüchtung für lackierte Dämchen. Zu Ihnen allerdings passt er, da passt er vorzüglich! Sie müssen sich das Gesicht zuschmieren, weil Sie es nicht offen zeigen können, wie es sich für eine deutsche Frau gehört. Dass Sie obendrein als Hosenweib herumlaufen, ist würdelos. Sie stellen sich damit außerhalb unserer Volksgemeinschaft!«

Onkel Heinrich war außer sich. Die Dame spürte dies mit Besorgnis. Zwar blieb die aufgetragene Farbe ihres Gesichts unverändert, aber ihre Ohren färbten sich dunkelrot.

»Fiffi sei ruhig«, mahnte sie ihren Liebling. »Wir gehen!« Sie klinkte ihn an die Leine und zog den nun leise Knurrenden mit sich in Richtung Innenstadt.

»Widerliche Ziege«, zischte Onkel Heinrich. Dann schwieg er, bis sie zu Hause waren.

Erst am nächsten Tag befasste er sich wieder mit dem Schicksal der nordischen Rasse. »Das Christentum hat die Selbstfindung des nordischen Menschen am stärksten gehemmt«, lautete seine Lieblingsthese, die er Peter begreiflich zu machen suchte. »Jedermann redet von der Schädlichkeit der Juden. Nun ja, ganz sicher zu Recht. Sie sitzen wie Ungeziefer auf unserer Haut und saugen unseren Volkskörper aus. Man muss sie wegschlagen wie lästige Schnaken. Aber das Christentum kann man nicht einfach wegschlagen, das sitzt inwendig in uns, das hat man uns eingeträufelt über Jahrhunderte, das arbeitet wie Gift im nordischen Menschen und macht ihn schwach. Ein Schmerzensmann am Kreuz als Vorbild, als Symbol des Glaubens! Warum, so frage ich mich, sollen wir das Leid verehren und nicht die Freude, die Sonne, das Leben? Sündig sind wir allesamt, reden sie uns ein. Hast du dich jemals sündig gefühlt, Peter?«

Peter traf diese Frage überraschend. Er hatte mit einem weiteren Redestrom gerechnet und daher sein Augenmerk auf einen Soldaten der Luftwaffe gerichtet, der neben seiner Freundin auf einer Parkbank saß und deren Taille mit dem so genannten Gefreitengriff umfasste.

»Wie meinst du das?«, fragte Peter in die unangenehme Stille, um doch noch erfassen zu können, was Onkel Heinrich von ihm wollte.

»Ob du jemals das Gefühl hattest, eine Sünde begangen zu haben.«

Peter dachte nach. »Nun ja«, sagte er, »ich hatte ein schlechtes Gewissen, wenn ich meine Aufgaben nicht gemacht hatte oder damals, als ich mit dem Fußball unsere Wohnzimmerscheibe traf und sie zersprang.«

Onkel Heinrich meckerte belustigt. »Was hat das mit Sünde, mit dem lieben Gott zu tun? Du hast Pflichten gegenüber der Volksgemeinschaft, Peter. Dazu gehört die Pflicht zu lernen, damit du ein nützliches Glied dieser Gemeinschaft wirst. Dazu gehört auch die Pflicht, Volksgut nicht willkürlich zu zerstören. Du brauchst keinen religiösen Hokuspokus, um diese Pflichten zu begreifen!«

»Und dann hat uns das Christentum das Mitleid mit den Schwachen eingeimpft«, fuhr Onkel Heinrich fort. »Hat die Natur irgendwo Mitleid mit den Schwachen? Der Starke setzt sich mitleidlos durch. Wer hat das höchste Ansehen in eurer Klasse, Peter?«

»Der Maiser Toni«, antwortete Peter ohne nachzudenken.

»Und warum?«

»Weil ihm keiner Herr wird.«

Onkel Heinrich blieb stehen und strahlte. »Keiner wird ihm Herr! Herrlich diese Redewendung. Er ist der Herr, weil er der Stärkste ist!«

Peter sah auf Onkel Heinrichs unsportliche Figur, den krummen Rücken, die dünnen, gebogenen Beine. Er konnte eine aufmüpfige Frage nicht unterdrücken: »Warst du denn der Stärkste in der Klasse, Onkel Heinrich?«

Onkel Heinrichs Kopf zitterte unwillig. »Körperlich wohl nicht«, sagte er, »aber geistig gehörte ich zu den Starken. Ich hatte immer gute Noten.«

›Streber!‹, dachte Peter, aber er wagte es nicht zu sagen.

Sie kamen vor dem Schloss an und blickten nach Süden. »Begreifst du die Anlage?« Peter wusste, er brauchte nicht zu antworten. Onkel Heinrich wollte selbst dozieren. »Wir stehen vor dem Turm, dem Mittelpunkt. Rechts und links siehst du die Seitenflügel im Winkel von fünfundvierzig Grad zum Mitteltrakt des Schlosses. Sie schneiden ein Segment von neunzig Grad aus, in dem die Stadt wie ein Fächer angelegt wurde. Neun Straßen von der Waldhornstraße im Osten bis zur Waldstraße im Westen sind strahlenförmig auf den Schlossturm ausgerichtet. Alles geht vom Schloss aus und alles läuft auf das Schloss zu. Eine großartige Demonstration seiner Macht, die Markgraf Karl Wilhelm von Baden-Durlach da gestalten ließ. So könnte ich mir auch ein neues Berlin vorstellen. Natürlich in ganz anderen Dimensionen. In der Mitte steht der Führerbau, ein gewaltiges Pantheon, das mit seiner Kuppel alle Kirchtürme der Stadt überragt. Wie eine Sonne sendet es Strahlen aus, nicht nur im Segment, nein, nach allen Seiten, Strahlen des Lichts und der Energie, sechsunddreißig Avenuen, vier davon über sechzig Meter breit, gesäumt von repräsentativen Bauten im klassischen Stil. Das Führerprinzip wäre so für jedermann sinnfällig. Alle Kraft geht vom Führer aus, aber alle Kraft der nordischen Rasse strömt ihm auch zu, bündelt sich in ihm, wird sich in ihm seiner selbst bewusst. Einmal im Jahr, denke ich mir, werden die großen Organisationen der Volksgemeinschaft, die Wehrmacht, die SS, die SA, der Reichsarbeitsdienst, die Hitlerjugend durch die zweiunddreißig Avenuen auf den riesigen Platz vor dem Führerbau marschieren, ein Strom geballter nordischer Kraft und der Führer wird sie alle mit dem deutschen Gruß segnen und aus Hunderten von Lautsprechern wird die hämmernde Gewalt seiner Stimme auf sie niederfahren und ihre Herzen erheben. Ein Volk, ein Reich, ein Führer.«

Die Begeisterung hatte Onkel Heinrich auf die Zehenspitzen gehoben. Dort blieb er in stummer Ergriffenheit einige Minuten stehen. Dann räusperte er sich, klopfte Peter auf die rechte Schulter und sagte mit der gelassenen Stimme innerer Sicherheit: »Peter, wir leben in großen Zeiten.«

IV

Peter läutete zweimal an der Glocke unter dem Messingschild »Blohmann«. Er war ungern hierher gegangen. Aber Tante Guste und Onkel Heinrich zeigten sich unerbittlich. Warum sie ihn gerade an diesem Nachmittag los haben wollten, vermochte er nicht zu ergründen. Onkel Heinrich ließ die Stunde der Bewegung ausfallen und drängte Peter, sich allein zu bewegen, nicht in den Schlossgarten, nein, direkt in die Obhut von Tante Walburga, wie er Witwe Blohmann anzureden hatte.

Zweimal musste er läuten, weil Tante Walburga sonst einen Bettler oder einen Hausierer vermutet hätte. Dann wurde die Abdeckung des Gucklochs in der Mitte der Türe hörbar zur Seite geschoben. Es folgte eine Minute absoluter Stille, in der Tante Walburgas Auge spürbar auf ihm ruhte. Schließlich rasselte die Sperrkette und Tante Walburga hieß ihn willkommen, freundlich, aber doch distanziert. Es gab keine Umarmungen oder gar Küsse, nur eine ausgestreckte, kühle Hand.

Schon bei der ersten Begegnung hatte Peter bei Tante Walburga an einen großen Vogel denken müssen. Jetzt wusste er, dass es eine Eule sein musste, ein Nachtvogel. Große tief liegende Augen starrten auf ihn herab, ohne sich im Geringsten zu bewegen. Tränensäcke zogen die Augen nach unten. Der Hochmut der Augenbrauen hob sie nach oben, schob die Stirne in Wellen gegen die Haare, dünne graue Haare. Die mit der Brennschere eingepressten Wellen ließen sie kaum dichter erscheinen, auch nicht der Turm, zu dem sie mit vielen Nadeln und Kämmen aufgeschichtet waren, im Gegenteil, Horn und Metall verdrängten den spärlichen Aufwuchs.

Peter durfte zuerst in den Salon. Er war voll von weißen Tüchern. Sorgfältig hatte man sie über vier große Sessel und ein Kanapee gebreitet. »Damit der Plüsch nicht schießt in der Sonne, und der Staub sich nicht so hereinsetzt«, sagte Tante Walburga. »Ich bekomme ja selten Besuch.« Über dem verhüllten Kanapee hing ein düsteres Bild in schwarzem Rahmen. Jemand hatte sich in Tante Walburgas weiße Tücher gehüllt, stand aufrecht in einem schwarzen Kahn und ließ sich zu einer Insel rudern. Steil aufragende, glatte Felsen, in die tempelartige Höhlen geschlagen waren, umschlossen die Insel an drei Seiten. In der Mitte blieb Platz für riesige, schwarzgrüne Säulen-Zypressen, die in düstere, drohende Wolken hineinragten.

»Die Toteninsel von Böcklin«, erklärte Tante Walburga, »leider nur ein Druck.«

Auf der gegenüberliegenden Seite über dem schwarzen Sarg des Klaviers hing im Goldrahmen die Fotografie eines älteren Mannes. Gewisse Ähnlichkeiten mit Onkel Heinrich waren unverkennbar, vor allem die Birnenform des Kopfes mit den herabhängenden Backen, die auf der Fotografie allerdings praller, kräftiger wirkten als bei Onkel Heinrich. Auch hatte der ältere Mann keine Brückenanlage auf dem Kopf, zeigte vielmehr unverhüllte Kahlheit. Dafür klebte auf der Oberlippe ein schmales, graues Bärtchen, ein Hauch ins Verruchte, den Onkel Heinrich nie gewagt hätte.

»Mein allzu früh verstorbener Mann«, erklärte Tante Walburga. »Heinrich war erst vierzehn, als sein Vater starb. Wir haben viel geweint zusammen, damals. Aber Heinrich fand Trost in der Musik. Fünf Stunden saß er oft am Klavier, während seine Schulkameraden Fußball spielten, zum Schwimmen gingen oder noch Gewöhnlicheres trieben. Meist Beethoven, am liebsten Beethoven. Als Student, Anfang zwanzig, hatte er die ersten fünfzehn Beethovensonaten studiert. Ich möchte nicht sagen, dass er sie beherrschte, aber er hat sie studiert. Schon mit fünfzehn sagte er mir, Beethoven spielen ist wie ein Gottesdienst für mich. Damit wehrte er meine Mahnungen ab, öfter in die Kirche zu gehen. Ab sechzehn kam dann Wagner dazu. Ich hatte ihn mit nach Mannheim in die Oper genommen, Lohengrin. Er war berauscht. Ich musste ihm den Klavierauszug kaufen. Er spielte und sang, obgleich er keine schöne Stimme hat. Am liebsten verweilte er im dritten Akt, wenn Lohengrin und Elsa endlich allein sind, wenn Liebe in Verrat übergeht. Immer wieder war er erschüttert. Dann kaufte er sich Tristan und Isolde, schließlich den Ring der Nibelungen. Den ganzen Ring hat er durchstudiert. Noch heute höre ich wie er den Trauermarsch zu Siegfrieds Tod in die Tasten schlug, mächtig und ergreifend. Seine Klavierlehrerin, Sieglinde

Perlhuhn, war entschieden dafür, er solle nach dem Abitur Klavier studieren. Aber dann kam die Sache mit dem Arm. Je mehr er seine Leidenschaft von Beethoven zu Wagner verlagerte, umso stärker verkrampfte sich sein rechter Arm. Der Schmerz zog sich von der Schulter bis zum Unterarm. Er begann seine rechte Schulter hochzuziehen. Aber auch das brachte keine Entlastung. Er konnte gar keinen Beethoven mehr spielen. Er brachte die Läufe nicht mehr zustande. Die Töne perlten nicht, sie rumpelten und stotterten. Es waren schreckliche Wochen für uns beide, Heinrich und mich. Aber dann sagte ich ihm, er solle es als Wink des Schicksals nehmen und sein Leben der Wissenschaft weihen. Ein Wissenschaftler ist in Deutschland allemal angesehener als ein Musiker. Da beschloss Heinrich Historiker zu werden. Zur Absicherung zunächst im Schuldienst. Aber es steckt Größeres in ihm, das wusste ich immer. Sie werden ihn schließlich an die Universität berufen, ganz sicher werden sie das.«

All das hatte Tante Walburga noch vor dem Bild ihres allzu früh verblichenen Mannes erzählt, ohne den Heinrich seine hoffnungsvolle Laufbahn ja nicht hätte beginnen können. Jetzt aber entschloss sie sich doch hinüberzugehen in den kombinierten Ess- und Wohnraum. Er schien häufiger in Gebrauch zu sein. Man konnte sich um einen großen runden Tisch setzen. An der Wand stand eine wuchtige Anrichte im Stil der Neorenaissance, auf der in kristallener Schale künstliche Birnen und Äpfel als Dauerstillleben prangten. In der Ecke neben dem Fenster aber hatte Hansi, der Kanarienvogel, sein Reich. Der golden leuchtende Käfig hing an einer hohen kräftigen Stange aus Messing. Sprossen durchzogen ihn in verschiedener Höhe, auch eine Schaukel als Quelle der Lustbarkeit, und an der Rückwand war ein eigenes Badehaus befestigt, in dem Hansi sein Gefieder putzen oder nach Lust und Laune Wasser verspritzen konnte. Hansi, einfarbig gelb gefiedert, gehörte zur Zuchtform der Harzer Roller, der man besondere Sangesfreudigkeit nachsagt. Sie werden – der Name verrät es – im Harz gezüchtet, wohin sie im neunzehnten Jahrhundert – von den kanarischen Inseln abstammend – auf vielen und langen Umwegen gelangt sind. Dass sie Fröhlichkeit und Sangeslust dabei nicht eingebüßt haben, auch nicht bei Tante Walburga, spricht für ihre seelische Robustheit.

Peter sollte Hansi durch ein Lied anregen, seine Kehle rollen zu lassen. Da es ihm an Phantasie mangelte, nahm er das nahe Liegende: »Hänschen klein, ging allein ...« Hansi wiegte seinen Kopf hin und her, als belustigte ihn die klägliche Konkurrenz. Er blieb stumm. Daran änderten auch zwei Strophen von »Kommt ein Vogel geflogen« nicht das Geringste. »Ein Vogel wollte Hochzeit machen« erregte gar Hansis Unmut. Er hüpfte auf eine niedrigere Stange und zeigte dem Sänger die Kehrseite. Damit war Peters Vogelrepertoire erschöpft.

Er gab den Lockruf an Tante Walburga ab, die wesentlich gröber und in keiner Weise vogelspezifisch zu Werke ging. »Oh du schöner We-e-es-terwald«, krähte sie, um schließlich mit erhobenem rechten Arm das Horst-Wessel-Lied anzustimmen, als wollte sie Hansis Gesinnung testen. Und siehe da, schon bei »Kameraden, die ...« piepste und rollte er aus Leibeskräften und hörte auch nicht auf, als Tante Walburga die nationale Animation abbrach. ›Vielleicht hat ihm Onkel Heinrich die Nationalhymne Nr. 2 beigebracht‹, dachte Peter.

Jedenfalls bemerkte Tante Walburga unvermittelt: »Hansi liebt Heinrich, er liebt ihn von Herzen. Als Heinrich von uns fortzog, um deine Tante zu heiraten, war Hansi zutiefst betrübt. Tagelang hat er kaum gefressen, saß mit hängendem Köpfchen auf der Schaukel und piepste kein einziges Mal. Das liebe Vögelchen fühlte wie ich.«

Unvermittelt wechselte Tante Walburga das Thema. »Ich muss dir zeigen, wie Heinrich als Junge ausgesehen hat!«, rief sie aus und strahlte bei diesem Einfall. Peter musste am runden Tisch Platz nehmen, Tante Walburga eilte in das Totenzimmer mit den weißen Laken und kehrte mit einem grünen Buch zurück, auf dessen Lederrücken in goldenen Buchstaben »Unser Kind« eingeprägt war. »Ihrem lieben Heinerle zum ersten Geburtstag von seinen Eltern« stand auf der ersten Seite und dann folgte – wie üblich – der Säugling bäuchlings, allerdings nicht auf einem Eisbärenfell, sondern auf dem Rasen, nur ein Handtuch dazwischen als Schutz vor dem kitzelnden Gras. Auch vermisste Peter liebliche Rundungen an Armen und Beinen, die Säuglinge im Allgemeinen so appetitlich machen, erinnern sie uns doch mit ihren Einkerbungen an den Gelenken an abgebundene Knackwürstchen. Kahle krumme Stecken streckte Heinrich in die Luft und selbst die Pobacken zeigten traurig-dürre Faltigkeit. Nur der Kopf schwebte wie ein großer runder Apfel über dem dürren Gestell.

»Ist er nicht zierlich und feingliedrig wie ein Aristokrat«, sagte Tante Walburga. »Ein Geistesmensch! Man sieht es von Anfang an, ein Geistesmensch!«

Peter blätterte sich durch die Entwicklung des Geistesmenschen. Die ersten Schritte, die rollende Ente an der Schnur, Heinerle mit Papierhelm und Holzschwert, dann im Matrosenanzug mit »SMS Kreuzer Emden« auf dem Mützenband, Heinerle mit Schultüte und Schulranzen, als Sextaner erstmals die Nickelbrille auf der Nase. Ernst und wissbegierig als Konfirmand in langen, engen Röhrenhosen, die die Säbelbeine betonen, das Gesangbuch krampfhaft an die Brust geklemmt.

Und schließlich am Klavier, schon in der beginnenden Wagnerperiode, wohl mit sechzehn also, Knickerbocker über den Wadlstrümpfen, den Kopf tief zwischen die Schultern gezogen, den Blick hinter der Brille aber nicht an die Noten geheftet, sondern andächtig nach rechts oben gedreht zum sommersprossigen Gesicht eines Mädchens mit langen blonden Zöpfen, das am Klavier steht, dem Heinerle zugewandt, eine Hand auf den Rahmen der Tastatur gelegt und aus vollem Halse singt. Der Mund ist weit geöffnet, der Hals quillt aus dem Kragen der weißen Bluse. »Das ist meine Nichte Else«, sagte Tante Walburga. »Sie wohnte ein Jahr bei uns und besuchte das Konservatorium in Karlsruhe, um Gesang zu studieren. Damals begann auch das Unglück mit den Wagneropern. Elsa und Lohengrin, ich hab' das heute noch im Kopf. Bis in den Schlaf hat es mich verfolgt. ›Elsa, mein Weib: Du süße Braut! Ob glücklich du, das sei mir jetzt vertraut!‹ Darauf sie: ›Wie wär' ich kalt, mich glücklich nur zu nennen, gibst du auch mir des Himmels Seligkeit! Fühl' ich zu dir so süß mein Herz entbrennen, atme ich Wonnen, die nur Gott verleiht.‹ Das hundertmal wiederholt über Wochen. Da soll der arme Bub nicht verrückt werden. Gift ist das für einen Sechzehnjährigen, reines Gift. Immer schlechter hat er ausgesehen, kaum geschlafen, wenig gegessen. Und die Sache mit dem Krampf im rechten Arm nahm ihren Anfang. Seit Jahren hatte er nur Einser im Zeugnis, wenn man vom Turnen absieht. Und jetzt plötzlich Zweier und Dreier. Aber was sollte ich machen? In der Musik ist ja alles erlaubt. Und die Else musste die Rolle der Elsa für das Konservatorium einstudieren. Es war wie eine Erlösung, als sie nach einem Jahr ging. Achtzehn war sie damals und mit zwanzig hat sie geheiratet, einen Finanzbuchhalter in Schweinfurt. Sie singt keinen Ton mehr, hat sie mir kürzlich erzählt. Ihr Mann kann die Singerei nicht leiden. Besonders hohe Frauenstimmen nerven ihn. Ein vernünftiger Mensch, der Albert. Aber Heinrich, der arme Heinrich ist seitdem auf singende Frauen fixiert. Promovierter Studienrat, da ist man doch was, da hat man doch etwas zu bieten. Und jetzt sogar die Aussicht auf eine Hochschullaufbahn. Ordentlicher Universitätsprofessor Dr. Blohmann. Ich hätte da einiges einfädeln können: die Tochter von Bankdirektor Pfifferling zum Beispiel oder die Gudrun Fuchs aus dem Pelzgeschäft. Aber die Damen singen nicht. Da ist nichts zu machen. Deine Tante Guste, die singt, nicht so besonders, sagt sie selber, aber sie singt. Das ist aber auch alles.«

Der letzte Satz kam leise gemurmelt und voller Bitternis. Dann verstummte Tante Walburga und starrte mit unbeweglichen Augen zum Fenster. ›Wie eine Eule‹, dachte Peter und er wusste nicht, wie er das Schweigen durchbrechen sollte. Peinlich war ihm das Ganze. Schließlich fühlte er sich mit seinen zehn Jahren nicht als der rechte Ansprechpartner für Liebes- und Ehefragen mit oder ohne Gesang. Die Eule allerdings tat ihm Leid, wie sie so vor sich hinstarrte.

»Eigentlich mag ich die Singerei auch nicht«, sagte er, um sie zu trösten.

Das war das Stichwort für Hansi, den Harzer Roller, der geraume Zeit nach dem Horst-Wessel-Lied wieder verstummt war. Zögernd begann er zu piepsen, um sich schließlich zu einer rollenden Kantilene aufzuschwingen, die dem Namen seiner Zuchtform alle Ehre machte.

Onkel Heinrich hätte ja die Pfifferlingstochter mitsamt einem Harzer Roller nehmen können, kam Peter da in den Sinn. Aber er wagte nicht seine Idee auszusprechen, sondern verabschiedete sich mit einem höflichen Diener von Tante Walburga.

V

Für den nächsten Tag war ein Radausflug zum Rhein geplant. Zum einen sollte Peter den deutschen Schicksalsstrom mit eigenen Augen sehen. Zum anderen gab es dort eine Badeanstalt, die selten von Karlsruher Oberschülern aufgesucht wurde und sich daher für eine Fortsetzung der Schwimmversuche Onkel Heinrichs eignete.

Der Ausflug wurde am Abend systematisch vorbereitet. Zunächst unterzog Tante Guste Peter einer hochnotpeinlichen Befragung über den Rhein. Wo er denn entspringe, wollte sie wissen. Peter tippte auf Österreich, wurde aber höhnisch auf die Schweizer Alpen verwiesen. Immerhin vermutete er das Mündungsgebiet richtig an der Nordsee. Dann kamen die Nebenflüsse, endlos an der Zahl. Immer wieder hatte Peter einen vergessen oder falsch eingeordnet. Erleichtert atmete er auf, als Onkel Heinrich dazukam, die Vermittlung technischer Grundlagen unterbrach und sich dem geistigen Überbau zuwandte. Von Frankreich sprach er als dem Erzfeind Deutschlands: »Über Jahrhunderte haben die Franzosen versucht, an den Rhein vorzustoßen, ihn zum Grenzfluss zu machen, die große Wasserstraße unter ihre Kontrolle zu bekommen. Aber der Rhein ist ein deutscher Strom, umgeben von altem deutschen Kulturland, und unser unverrückbares Ziel muss es sein, dass er dereinst von der Quelle bis zur Mündung durch deutsche Lande fließt. Denn ein großer Strom, das ist nicht nur ein Verkehrsweg und eine Wasserquelle, von ihm geht vielmehr mythische Kraft aus, in ihm pulsiert das Herzblut einer Nation wie in den Schlagadern unseres Körpers. Mit dem Elsass haben die Franzosen im Schandvertrag von Versailles wieder ein Stück des Rheinufers annektiert. Aber so wie unser Führer 1936 das entmilitarisierte Rheinland unter den Schutz der deutschen Wehrmacht gestellt hat, so wird er früher oder später auch die Hakenkreuzfahne auf dem Strassburger Münster hissen!«

Onkel Heinrich sprach diesen Satz mit der Sicherheit eines Sehers, die Augen starr in die Ferne gerichtet.

»Außerhalb des Reichsgebiets sind dann nur noch die Schweiz und die Niederlande Anrainer des deutschen Schicksalsstroms«, fuhr Onkel Heinrich mit seinem Ausblick in die Zukunft fort. »Dass die Eigenbrödelei der Deutschschweizer dem Sog des Dritten Deutschen Reiches, der Ordnungsmacht Europas, nicht ewig wird widerstehen können, wer wollte dies bezweifeln? Die Niederländer haben germanische Vorfahren. Aus Niederfranken, Friesen und Sachsen sind sie hervorgegangen und ihre Sprache, das Niederländische hat sich aus dem Altniederdeutschen entwickelt. Ein deutscher Stamm also, der früher oder später heimkehren wird ins deutsche Reich! Und dann, dann ist der Rhein unser, von der Quelle bis zur Mündung, tausenddreihundertzwanzig Kilometer, ein deutscher Strom! Übrigens«, so schloss Onkel Heinrich seine Rheinbetrachtungen, »ist dir schon einmal aufgefallen, dass die meisten Flüsse weiblich sind? Die Elbe, die Donau, die Weser, die Mosel, die Isar. Der Rhein aber ist männlich. Kraft geht von ihm aus, Stolz und deutsche Ehre. Nicht mildströmende Mutter, mächtiger Vater ist er unserer Nation, die sich seiner würdig erweisen muss.«

So mit geistigem Rüstzeug versehen bestieg man anderntags die Räder, Peter ein ausgeliehenes, das dem Kollegen, Studienrat Eisenbeiß, gehörte. Der Sattel war in niederster Position; dennoch konnte Peter die Pedale nur mit den Zehen erreichen, wenn er sich streckte gerade noch mit den Ballen aber dann schmerzten ihn nach kurzer Zeit die gedehnten Oberschenkel- und Wadenmuskeln.

Tante Guste und Onkel Heinrich hatten sich sportlich gekleidet. Tante Guste trug ein hellblaues Dirndl mit roten Herzen gemustert, das sie auf der Hochzeitsreise in München erstanden hatte. Gegen die Morgenkühle und den weit reichenden, rechteckigen Dirndlausschnitt hatte sie ein schwarzes Strickjäckchen übergezogen, eingesäumt mit grünem Garn, wie es auch der Bund Deutscher Mädchen gebrauchte.

Onkel Heinrich pflegte demgegenüber englischen Stil. Er trug dunkelbraune Knickerbocker, mit rotbraunen Linien kariert, einen beigen Pullover mit V-Ausschnitt, ein hellblaues Hemd und auf dem Kopf eine original englische Sportmütze, deren Braunton mit den Knickerbockern übereinstimmte. Dass ihm die Mütze gut zu Gesicht stand, konnte man gewiss nicht sagen. Als Flachdach verkürzte sie die Birnenform seines Kopfes und ließ die leicht hängenden Backen besonders prall hervortreten. Aber Onkel Heinrich hatte eine Vorliebe für das Englische, seitdem er zwei Semester an einer englischen Universität studiert hatte, deren Namen er nie nannte, weil es sich weder um Oxford noch um Cambridge handelte. So sehr er die Franzosen hasste und die Polen verachtete, von den Engländern sprach er gerne als von unseren germanischen Vettern, die eigentlich unsere natürlichen Verbündeten seien, was sie nur leider noch immer nicht erkannt hätten.

Tante Guste nützte den Ausflug, um Onkel Heinrichs Radfahrkünste zu verbessern. Über längere Strecken musste er einhändig fahren, abwechselnd die Rechte oder die Linke am Lenker, während die andere Hand fernab in der Hosentasche zu ruhen hatte. Onkel Heinrich schaffte dies leidlich, wenn auch mit angestrengter Aufmerksamkeit, die die Halsmuskeln verkrampfte und den Kopf leicht erzittern ließ.

Dass Tante Guste dann auch noch zu einem Versuch aufforderte, sich freihändig fortzubewegen, war eine jener Übertreibungen, zu denen sie sich hin und wieder hinreißen ließ. Peter musste das Kunststück vormachen. Er hielt sich wacker in der Balance, obwohl er Schaukelbewegungen nicht vermeiden konnte, wenn er sich abwechselnd rechts und links zum Pedal streckte.

Onkel Heinrich entfernte seine Hände allenfalls zwei Sekunden vom Lenker, dann griff er wieder hastig zu wie der Ertrinkende nach dem Rettungsring. Weitere Versuche verbat er sich verärgert mit hochrotem Gesicht. Dergleichen verstoße gegen die Straßenverkehrsordnung, mahnte er an. Und im Übrigen sei er sich zu gut, um Zirkuskunststücke einzutrainieren.

So war die Stimmung etwas getrübt, als man in den Rheinauen anlangte. Schließlich blinkte der Strom auf in der Sonne, aber Peter war enttäuscht. Gewaltiges hatte er erwartet nach all den Hymnen von Onkel Heinrich, etwas Rauschendes, Reißendes, Dröhnendes, von gigantischer Breite und Tiefe. Aber was da vor ihm lag, zog gemächlich seines Wegs mit glatter, freundlicher Oberfläche, und das andere, pfälzische Ufer war ohne Mühe zu erkennen. Kein Dampfer glitt vorüber, nicht einmal ein Lastkahn. Der Strom strömte still vor sich hin, sonst nichts.

»Was fühlst du?«, fragte Onkel Heinrich.

»Nichts«, sagte Peter.

»Dann hast du ein dumpfes Gemüt.« Onkel Heinrich schüttelte enttäuscht den Kopf.

Man radelte zur Badeanstalt. An der Kasse mietete Onkel Heinrich eine Umkleidekabine und einen Schwimmgürtel aus Kork, für den er zwei RM zu hinterlegen hatte.

In die Kabine durfte nur einer nach dem anderen, erst Tante Guste, dann Onkel Heinrich und als Letzter Peter. Tante Guste kam in einem ganzteiligen dunkelblauen Badeanzug wieder heraus, der ihren vorgewölbten Bauch abzeichnete. Die Hosenbeine bedeckten die Oberschenkel gut zur Hälfte. Darunter kamen weiße, stämmige Beine, die Wadenmuskeln wie Kegel ausgearbeitet. Sie war von klein an viel marschiert, erst mit dem Vater, dann mit dem Wandervogel.

Onkel Heinrich trug noch die deutsche Einheitsbadehose der späten zwanziger Jahre: schwarzer Trikot mit weißem Bund, wenige Zentimeter über dem Knie endend. Seine Beine hatten beim Treten des Klavierpedals wenig Muskelsubstanz entwickelt, offensichtlich weniger als Tante Guste beim Wandervogel. Der Bauch dagegen war in Form eines kleinen Fässchens ausgebildet, so dass der Hosenbund immer wieder vom Höhepunkt abzurutschen drohte.

Tante Guste ordnete zunächst einen Patrouillengang zu dritt an. Das gesamte Liegefeld musste ausgeschritten werden, um Oberschüler rechtzeitig zu erkennen. Nirgends war ein verdächtiges Subjekt auszumachen. So trat Tante Guste dafür ein, die Gunst der Stunde sofort zu nutzen.

Eilends band sie Onkel Heinrich den Schwimmgürtel um den Bauch, der damit vom Fässchen zum Fass gedieh. Die Schwimmübungen sollten am Drahtseil entlang stattfinden, das das Nichtschwimmerabteil begrenzte. Peter durfte vorschwimmen. Er gab sich große Mühe Beinschluss und Vorstoß der Arme exakt zu demonstrieren, kam aber des Öfteren durcheinander, weil er nicht gewohnt war auf seine Bewegungen im Wasser zu achten.

Dann kam Onkel Heinrich. Der Schwimmgürtel hielt zwar Brust und Bauch oben, die Beine knickten aber immer wieder nach unten, obwohl Onkel Heinrich eifrig mit ihnen ruderte. Den Kopf hielt er steif nach oben wie eine Ente, als gäbe es nichts Schlimmeres als mit dem Gesicht das Wasser zu berühren. Wahrscheinlich plagte ihn die Angst, im Wasser zu ersticken. Tante Guste gab unentwegt pädagogische Anweisungen. Auch griff sie zuweilen zu, um die Beine ins Waagrechte zu bringen oder die Halsstarre zu lösen, was bei Onkel Heinrich zu panikartigen Reaktionen führte. Nach einer viertel Stunde war wenig Fortschritt erzielt. Aber Onkel Heinrich fror erbärmlich und so beschloss Tante Guste, den Unterricht zu beenden. Man strebte der Kabine zu, um Handtücher zu holen.

Peter las die Aufschrift als Erster. Er hatte die schärfsten Augen. »Waggele« hatte jemand mit Kreide in deutlicher Druckschrift auf die Brettertüre geschrieben.

»Diese Banditen, ich werde es ihnen heimzahlen«, zischte Onkel Heinrich. »Unterprima schätze ich. Da ist die Unterwelt zu Hause!«

Tante Guste wiegelte ab. »Es wäre unklug, Aufsehen zu erregen«, meinte sie. »Bis jetzt hat kaum jemand die Schmiererei entdeckt. Wir wischen sie einfach ab und tun als sei nichts.«

Sie nahm ein nasses Handtuch und löschte damit die schändliche Inschrift, während Onkel Heinrich und Peter mit ihren Körpern Sichtschutz gaben.

Trockengerieben und in trockenen Hosen ließen sich alle drei auf dem Rasen nieder als sei nichts gewesen. Onkel Heinrich allerdings kam nicht zur Ruhe. Das kalte Nass des Rheins und die anschließende Aufregung hatten seine Blase gereizt. So musste er es wagen, aus der Deckung zu gehen und quer über die Liegewiese zu jener Brettertüre zu eilen, die mit »oo« und »Herren« gekennzeichnet war. Er fürchtete hämische Blicke oder gar den Zuruf seines beleidigenden Spitznamens aus dem Hinterhalt. Aber nichts war zu bemerken bis er den Ort der Erleichterung erreichte. Doch eine knappe Minute nachdem er die Türe hinter sich geschlossen hatte, hörte man aus dem Inneren ein dumpfes Wummern, und aus den zahlreichen Ritzen zwischen den Brettern quoll schwarzer Rauch ins Freie.

Onkel Heinrich stürzte aus der Türe. Sein Gesicht, sein Oberkörper und seine Beine waren schwarz gefleckt. Auch die Brille hatte der Ruß getrübt, so dass er sich hilflos wie ein Sehbehinderter bewegte.

»Ein Anschlag, ein Anschlag!«, rief er mehrmals mit brüchiger Stimme aus, die mehr Angst als Empörung erkennen ließ.

Ein großer Teil der Badegäste war von den Liegeplätzen aufgesprungen und starrte auf das eingerußte Opfer. Nur in der hinteren Ecke der Wiese war leises Kichern zu hören. Sonst herrschte betretenes Schweigen.

Tante Guste und Peter eilten dem Torkelnden entgegen. Sie trafen gleichzeitig mit dem Bademeister bei ihm ein, einem muskulösen Rothaarigen mit Bürstenschnurrbart und rot-weiß quer gestreifter Badehose.

Während Tante Guste unter Opferung eines Badetuchs versuchte die schlimmsten Spuren auf der Haut ihres Gatten zu beseitigen, schilderte dieser den Tathergang. »Ich stand noch vor dem Klobecken, als durch die offene Fensterluke unter dem Dach ein dunkler Gegenstand, etwa in der Form einer kleinen Konservendose, geschoben wurde und neben mir zu Boden fiel. Noch ehe ich mich nach dem Gegenstand bücken konnte, ist dieser explodiert, jedenfalls mit einem dumpfen Knall aufgebrochen, und hat in kürzester Zeit die ganze Kabine in schwarzen Rauch gehüllt. Nichts war mehr zu erkennen. Ich habe mich sofort ins Freie gerettet. Die Attentäter sind unter meinen Schülern zu suchen, daran ist kein Zweifel, wahrscheinlich Unterprimaner, denn vorher hat jemand bereits meine Kabinentür mit einem Spitznamen beschmiert, der nur unter meinen Schülern gebräuchlich ist. Ich bitte, umgehend die Polizei zu verständigen, damit sie die Ermittlungen aufnehmen kann.«

»Ich werde die Maßnahmen ergreifen, die ich für notwendig halte«, sagte der Bademeister mit der Würde eines Amtsinhabers. Dann inspizierte er die Rückseite des Toilettenhäuschens. Außer Fußspuren im Gras war nichts zu entdecken. Ein Meter hinter dem Häuschen verlief die mit Stacheldraht eingezäunte Grenze der Badeanstalt. Der Stacheldraht war heruntergetreten. Die Täter hatten wohl auf diesem Weg die Flucht ergriffen. Im Inneren des Häuschens konnte der Bademeister keine nachhaltigen Schäden feststellen. Der Ruß hatte nur die Bretterwände geschwärzt. Auf dem Boden lagen Reste der Rauchbombe, Fetzen aus steifem Karton.

»Die Badeanstalt hat keinen Schaden erlitten«, sagte er, als er zur Familie Blohmann zurückkehrte, die inzwischen von einem Kreis debattierender Badegäste umgeben war. »Die Badeanstalt hat daher auch keinen Anlass die Polizei zu holen und Strafantrag zu stellen.«

»Die Badeanstalt, die Badeanstalt!«, höhnte Onkel Heinrich. »Als ob es um die Badeanstalt ginge. Es geht um öffentliche Interessen. Es geht um Zucht und Ordnung in unserer Jugend. Der Bazillus der Anarchie, des Aufruhrs, der Gesetzlosigkeit darf sich nicht ausbreiten. Er muss rechtzeitig eliminiert werden. Sonst werden aus Rauchbombenwerfern subversive Elemente, Terroristen, Attentäter! Wehret den Anfängen! Hier ist die Härte des Gesetzes gefordert!« Onkel Heinrich war in höchster Erregung, rotköpfig und vom Tremor geplagt.

Dennoch wagte eine Frau mittleren Alters sich einzumischen. Die Gutmütigkeit war auf ihr rundbackiges, gut durchblutetes Gesicht geschrieben. »Das sind doch Lausbubereien«, sagte sie. »Das hat es schon immer gegeben und wird es immer geben, so lange Buben lebendig sind. Haben Sie nie die Lausbubengeschichten von Ludwig Thoma gelesen? Nach der Pubertät legt sich das. Da werden keine Terroristen draus. Zur rechten Zeit ein paar Ohrfeigen. Oder einen Schularrest, am Nachmittag, wenn's schönes Wetter ist, dass sie nicht zum Fußballen können. Aber die Polizei, die Polizei, die hat da nichts zu suchen.«

Ein junger Herr mit schnurgerade gezogenem Scheitel und aufrechter Haltung ging mehr ins Grundsätzliche. »Man wundert sich«, sagte er, »dass so etwas heute noch passiert. Nach sechs Jahren nationalsozialistischer Erziehung! Wer führen will, muss zunächst gehorchen lernen. Ich denke, in der Hitlerjugend bekommt man das beigebracht. Und in der Schule, jedenfalls dann, wenn die Lehrer vom Geist des Nationalsozialismus erfüllt sind, ihn vorleben und vermitteln können!«

Onkel Heinrich spürte, dass er da vom Opfer zum Sündenbock gemacht werden sollte und hielt sofort kräftig dagegen: »An nationalsozialistischem Geist und entsprechender Überzeugungsarbeit fehlt es an unserer Schule gewiss nicht. Aber HJ und Schule können sich noch so viel Mühe geben, wenn das Elternhaus massiv dagegenhält, ist das Kind immer gefährdet. Die drei Unterprimaner, die ich als tatverdächtig im Auge habe, stammen aus solchen Elternhäusern. Keiner der drei Väter ist Parteigenosse, versteht sich. Ein Schauspieler, ein Rechtsanwalt, ein Apotheker, als Meckerer hinreichend bekannt. Immer etwas auszusetzen, wenn es um Maßnahmen der nationalen Erhebung geht. Liberal, grenzenlos liberal. Laissez-faire, laissez-aller, auch in der Kindererziehung. Keine Grundsätze, keine feste Hand, keine Disziplin. Natürlich nie gedient, nie Uniform getragen, nie gelernt sich in Zucht zu nehmen. Aus solchem Stall kommen Anarchisten, führungslose Amokläufer. Man muss den Stall ausräuchern, darauf kommt es an, glauben Sie mir. Rechtzeitig ausräuchern, die Brut herausholen und dahin geben, wo sie im rechten Geist erzogen wird.«

Onkel Heinrich hatte sich aufgepumpt, sah triumphierend in die Runde, richtete schließlich seine Augen gebieterisch auf den Bademeister und verfügte von weit oben: »Und jetzt, Herr Bademeister, holen Sie schleunigst die Polizei!«

Der Bademeister zeigte sich wenig beeindruckt. »Holen Sie sie doch selber, wenn Sie es für nötig halten. Sie kommen auf dem Weg nach Karlsruhe direkt an der Polizeiwache vorbei. Nach tausend Meter rechts an der Straße. Da können Sie alles zu Protokoll geben.«

Onkel Heinrich fühlte sich wieder kleiner. Nur halblaut schimpfte er vor sich hin: »Unerhört, unerhört diese Beschränktheit.« Dann winkte er Tante Guste und Peter ihm zu folgen und stapfte zur Umkleidekabine.

Auf der Straße nach Karlsruhe radelten Tante Guste und Onkel Heinrich nebeneinander. Peter folgte in kurzem Abstand. Er sah, wie die Tante lebhaft auf den Onkel einsprach. Der Wind, der von vorne kam, trug ihm Sprachfetzen zu. »Dann spricht sich die Geschichte in der ganzen Schule herum«, hörte er. »Gespött ... Gelächter ... Schwarz aus dem Klo ... Ignorieren, völlig ignorieren ... Schüler werden ja sicher still sein. Sonst kommt es raus – und sie fliegen.«

Onkel Heinrich brummte nur wenig dagegen und das so leise, dass Peter nichts verstand. Schließlich schwieg er ganz. Den Kopf schräg zwischen die Schultern eingezogen radelte er an der Polizeiwache vorbei ohne sie eines Blickes zu würdigen. Etwas Großes, weit in der Ferne schien ihn anzuziehen. Und er strampelte tapfer, ihm näher zu sein.

VI

Das Große kam über Nacht. Am Morgen stand es in den Zeitungen, tönte es aus dem Volksempfänger: »In Abwehr polnischer Angriffe haben die deutschen Truppen um 4.45 Uhr die polnische Grenze überschritten. Der Panzerkreuzer Schleswig-Holstein eröffnete das Feuer auf die Westerplatte. Danzig ist heimgekehrt ins Deutsche Reich.«

Onkel Heinrich saß mit feierlicher Miene am Frühstückstisch. Als er sein Frühstücksei mit dem Messer köpfte, sagte er: »Wir sollten dankbar sein, in dieser großen Zeit zu leben. Freilich, ein Krieg ist kein Spaziergang und kein Jubelfest. Er fordert Mut, Opfer und starke Herzen von uns allen. Aber am Ende, da bin ich sicher, wird ein neues Europa unter deutscher Führung stehen, das von nordischer Kultur, nordischem Geist und nordischer Sauberkeit geprägt ist. Der polnische Staat wird von der Landkarte verschwinden, endgültig, für alle Zeiten. Dass wir zunächst mit Russland zu teilen haben, ist nicht für immer. Eine taktische List, die uns den Zweifrontenkrieg erspart. Auf lange Sicht wird weder der Bolschewismus noch der ostische russische Mensch unser Partner sein.«

Nach dem Frühstück ging Onkel Heinrich – wie jeden Tag – an seinen Schreibtisch. Tante Guste griff zur Zeitung, um die Kriegsmeldungen für ein Diktat zu nutzen, das geeignet war, Peters Orthographie zu verbessern.

Aber schon nach kurzer Zeit trat Onkel Heinrich wieder ins Wohnzimmer, um das Gewohnte beiseite zu räumen. »Es gibt Augenblicke«, sagte er, »da kann auch der Historiker nicht im Vergangenen leben. Da packt ihn die Gegenwart und lässt ihn nicht los. So geht es mir heute. Ich kann mich nicht auf die Zeit Luthers konzentrieren, wenn die deutschen Panzer durch Polen rollen. Auf, Peter, wir schwingen uns aufs Fahrrad und fahren durch die Stadt. Den Aufbruch des deutschen Volkes muss man in der Volksgemeinschaft erleben und nicht in der Studierstube.«

Onkel Heinrich nahm sich nicht einmal die Zeit, die Hosen

zu wechseln. Die Bügelfalten seiner Flanellhose legte er um mit Hilfe einer Hosenklammer. Dann trat er in die Pedale und rollte dem Stadtzentrum zu. Peter folgte dicht auf.

Jedoch die Volksgemeinschaft wollte sich nicht herstellen. Die Straßen waren ruhig wie immer. Ein paar Autos, ein paar Fußgänger. Alle strebten geschäftig einem Ziel zu, niemand verweilte. Nicht einmal Kleingruppen bildeten sich, geschweige denn ein Auflauf. Offenbar hatten sich die Menschen nichts zu sagen an diesem historischen Tag; waren sie nicht von großen Gefühlen geplagt, die sie los werden mussten.

Onkel Heinrich radelte enttäuscht ins Leere. Längst hatte er die Hauptstraßen durchfahren, geriet in die Ärmlichkeit kleiner Gassen. Er hielt vor einem Bäckerladen, über dessen Tür ein gelber Wimpel mit der Aufschrift »Eis« flatterte. Das Fähnchen hatte ihn auf eine Idee gebracht. Peter sollte seine Freude haben an diesem großen Tag.

»Hol dir ein Eis, Peter. Da hast du zwanzig Pfennige. Ich denke, du kriegst zwei Knödel dafür.«

Peter betrat den Laden. Die schmutzigen Scheiben ließen wenig Licht ins Innere. Erst als er sich an das Halbdunkel gewöhnt hatte, erkannte er eine alte Frau hinter dem Ladentisch. Sie mochte um die siebzig sein, hatte weißes Haar, kleine verquollene Augen in einem Gewirr von Runzeln.

»Was willst du, mein Junge?«, fragte sie mit brüchiger Stimme.

»Ein großes Eis«, sagte Peter. Aber die Frau sah abwesend an ihm vorbei, als hätte sie nichts gehört.

»Es ist Krieg, mein Junge! Weißt du was Krieg ist?«

Das kam von weit her, als sei die Frau nicht hier in diesem Raum. Peter gab keine Antwort. Es war ihm unbehaglich und er wollte davonrennen, traute sich aber nicht.

»Du kannst es nicht wissen«, setzte die Stimme aus der Ferne wieder ein. »Aber ich, ich weiß es. Hunger, Elend, Tod, das ist der Krieg. Mir hat er 1917 in Flandern den Mann genommen, den Vater meiner beiden Buben. Ich musste sie allein aufziehen. Das Geschäft allein umtreiben.«

Eine Weile stockte die Stimme. Dann kam sie wieder, weinerlich, aber doch mit einem Rest von Selbstbehauptung.

»Ich lass mir nicht auch noch meine Buben nehmen. Ich lass nicht …« Jetzt verstummte die Frau. Plötzlich veränderte sich ihr Gesichtsausdruck, als sei sie soeben aufgewacht und könne die Situation nun erfassen. Misstrauisch musterte sie Peter wie einen Eindringling.

»Was stehst du hier herum?«, herrschte sie ihn an.

»Ein großes Eis möchte ich«, stotterte Peter.

»Ich hab' kein Eis mehr.«

»Aber die Fahne, draußen hängt doch die Eisfahne.«

»Fahnen«, höhnte die Frau, »Fahnen hängen überall. Dafür kannst du dir nichts kaufen. Das wirst du schon noch merken … Und jetzt verschwinde!«

Peter stolperte grußlos aus dem Laden.

»Dumme Ziege«, sagte Onkel Heinrich, als Peter ihm sein merkwürdiges Erlebnis im Bäckerladen erzählte. »Die ist nicht mehr ganz bei Trost, die Alte. Soll sie doch gefälligst ihr Fähnchen einziehen, wenn sie kein Eis mehr hat.«

Dann radelten sie heimwärts.

Für vier Uhr nachmittags war die Rede des Führers im Radio angesagt. Onkel Heinrich ordnete daher an, dass der Kaffee schon um drei Uhr einzunehmen sei, denn die Worte des Führers dürften nicht durch Tellerklappern gestört werden.

Tante Guste hatte Zwetschgenkuchen gebacken. Sie meinte, es sei doch so etwas wie Feiertag.

Beim zweiten Stück Zwetschgenkuchen erzählte Peter noch einmal seine Geschichte von der Bäckersfrau, weil sie ihn beunruhigte. »Nun ja«, sagte Tante Guste, »soviel ich weiß, gibt es da eine Regelung. Wenn der Vater gefallen ist, darf ein Sohn zu Hause bleiben, damit die Familie nicht ausstirbt. Der Führer hat auch da vorgesorgt.«

»Übrigens«, fuhr sie fort, »Heinrich, ich nehme doch an, dass du auf keinen Fall eingezogen wirst. Du hast ja nie gedient. Bis man dich ausgebildet hätte, wäre der Krieg ohnehin vorbei. Und dann bist du gesundheitlich sicher nicht tauglich. Die Rückenschmerzen, die Nerven! Du solltest wieder einmal zu Dr. Messerle gehen, damit deine Beschwerden auch festgehalten und dokumentiert sind.«

»Ich sehe meine Aufgabe eher an der geistigen Front«, sagte Onkel Heinrich. »Unseren Soldaten muss der Rücken freigehalten werden. Da muss alles zusammenstehen im Geist der nationalen Bewegung. Und den gilt es zu verkünden bis ihn der letzte Schulbub und das letzte Mütterchen begreifen. Das ist meine Aufgabe.«

Fünf vor vier Uhr stellte Onkel Heinrich drei Stühle mit gerader Lehne vor den Volksempfänger. Sie saßen alle drei aufrecht und horchten. Es fing an wie das leise Grollen eines heraufziehenden Gewitters, jedes Wort mit der Spannung unterdrückter Aggressionen geladen. Der Druck steigerte sich und ließ die Sprache nur noch stoßweise ins Mikrophon bis schließlich ein bellendes Stakkato die Spannung entlud und das dumpfe Grollen von Neuem begann.

»Polen hat nun heute Nacht zum ersten Mal auf unserem eigenen Territorium auch durch reguläre Soldaten geschossen. Seit 4.45 Uhr wird jetzt zurückgeschossen.«

Das »Zurück« kam schon als harter Stoß, gefolgt von dem bellenden, brüllenden Stakkato: »Und von jetzt ab wird Bombe mit Bombe vergolten!«

Am Schluss beteuerte der Messias mit dem Pathos des Hofschauspielers, dass er sich selbst für sein Volk zu opfern gedenke.

»Mein ganzes Leben gehört von jetzt ab erst recht meinem Volk. Ich will jetzt nichts anderes sein als der erste Soldat des Deutschen Reiches. Ich habe damit wieder jenen Rock angezogen, der mir selbst der heiligste und teuerste war. Ich werde ihn nur ausziehen nach dem Sieg – oder – ich werde dieses Ende nicht mehr erleben.«

Tante Guste war so gerührt, dass sie zu schluchzen begann und nach dem Taschentuch fingerte, das sie zwischen Rockbund und Bluse eingeklemmt hatte. Peter spürte, dass sein Herz nicht mehr ruhig und gleichmäßig schlug, sondern in einer gallertartigen Masse schwamm. Seine Gedanken verharrten in feierlicher Unbestimmtheit.

Als das Deutschlandlied erklang und »Die Fahne hoch«, sprang Tante Guste auf, weil ein solcher Grad an Feierlichkeit sitzend nicht zu ertragen war. Peter und Onkel Heinrich folgten diesem

Beispiel. So standen sie alle drei ergriffen vor dem Volksempfänger, unterließen es allerdings, den rechten Arm zum Deutschen Gruß zu erheben. Sie hatten das Gefühl, im Wohnzimmer, wo sie niemand sah, wäre ihr Gruß ins Leere gegangen.

Die Stunde des Gesangs fiel an diesem Tag aus, denn das Liedgut deutscher Innerlichkeit entsprach nicht der hohen Woge nationalen Selbstbewusstseins, von der die Familie Blohmann getragen wurde. Der Volksempfänger lieferte die Großen des pathetischen Aufschwungs: Beethovens Fünfte mit dem klopfenden Schicksal an der Pforte, die Eroica, Wagners Ouvertüren zu Lohengrin und den Meistersingern und schließlich Bruckners Achte. Dazwischen immer wieder Sondermeldungen aus Polen, die siegreichen Vormarsch und hohe Gefangenenzahlen verkündeten.

Onkel Heinrich holte eine Flasche deutschen Sekt aus der Speisekammer. Auch Peter wurde ein halbes Glas zugestanden, so dass er mit Onkel und Tante auf einen baldigen Sieg über Polen anstoßen konnte.

Allerdings hatte er sich wie jeden Tag um einundzwanzig Uhr in seine Schlafkammer zurückzuziehen. Es half nichts, dass er seine Neugierde auf weitere Sondermeldungen bekundete. Ordnung, so meinte Onkel Heinrich, müsse sein, auch und gerade im Krieg.

Peter tat sich schwer mit dem Einschlafen. Die großen Gefühle und der Sekt hatten ihn angeregt. Schließlich gelang es ihm doch, nachdem er sich selbst als schwarz uniformierten Panzeroffizier in der Luke eines rollenden Ungetüms vorgestellt hatte. Er erwachte jedoch nach einiger Zeit an einem ungewohnten Geräusch. Aus dem Schlafzimmer nebenan drang heftiges Schnauben, das offensichtlich Onkel Heinrich zuzurechnen war und auf außergewöhnliche Anstrengungen schließen ließ. Auch antworteten Holz und Sprungfedern des Bettes auf diese Anstrengungen mit erbärmlichem Ächzen. Peter wusste die Geräusche nicht genau einzuordnen. Aber er hatte das sichere Gefühl, dass sie mit der hohen Woge zusammenhingen, die die Blohmanns ergriffen hatte.

Peter, so um den Schlaf gebracht, verspürte das dringende Bedürfnis auszutreten. Er erinnerte sich an das strikte Verbot des Transfers durch das eheliche Schlafzimmer, dessen Einhaltung ihm in Anbetracht der Geräusche von nebenan besonders dringlich erschien. Mit einem gewissen Trotz im Sinne holte er das Nachtgeschirr aus dem Nachttischchen, stellte sich damit hinter die Verbindungstüre nach nebenan und ließ den Strahl kräftig auf das Porzellan prasseln. Ob durch dieses Gegengeräusch gestört oder aus anderem Grunde, jedenfalls hörte das Schnauben schlagartig auf und es trat eine wohltuende Ruhe ein.

Peter legte sich erleichtert ins Bett und schlief bald fest und ruhig dem zweiten Kriegstag entgegen.

VII

Der zweite Kriegstag hielt Onkel Heinrich in Hochstimmung. Nur Siegesfanfaren, Marschmusik und die klassischen Pathetiker. Am dritten Tag kam die Nachricht von der Kriegserklärung Frankreichs und Englands über den Volksempfänger.

»Frankreich«, meinte Onkel Heinrich, »das war ja nicht anders zu erwarten. Degeneriertes, ausgelaugtes Volk, mögen sie sich zu den Polen gesellen. Aber England, die haben einfach nicht begriffen, dass es um den Kampf der Rassen geht. Die leiden unter ihrer Oberschicht von gestern, liberale Wischiwaschi-Lords mit dem Horizont von Geldsäcken. Irgendwann wird das Elementare, biologisch Gesunde auch dort durchbrechen und die Zylinderköpfe wegfegen und dann wird der nordische Angelsachse auf unserer Seite sein.«

Am vierten Tag war Onkel Heinrichs Begeisterung gedämpft. Der Rundfunk brachte es zuerst, dann die Zeitungen, Extrablätter, Anschläge an den Litfasssäulen: Frauen, Kinder und alte Leute müssten die Stadt innerhalb von vierundzwanzig Stunden verlassen. Karlsruhe war Frontstadt, nahe der französischen Grenze. Man rechnete mit einem Angriff der Franzosen zur Entlastung Polens. Schließlich hatten sie ihrem Verbündeten dergleichen versprochen.

Onkel Heinrich fand die Anordnung übertrieben. Er konnte sich nicht vorstellen, dass sie vom Führer selbst stammte. Denn der Führer, sagte er, wisse ebenso wie er, Heinrich Blohmann, dass die Franzosen niemals angreifen werden. Viel zu feige seien sie und Treue gegenüber dem Verbündeten sei ihnen fremd.

Um zehn Uhr kam die Witwe Blohmann, atemlos und ohne Handschuhe. Sie umarmte ihren Sohn und rief mehrmals: »Heinrich, ich werde dich nicht verlassen, niemals werde ich dich verlassen! Guste kann ja mit dem Jungen wegfahren. Peters Eltern werden sie sicher aufnehmen. Aber ich, ich bleibe bei dir. Ich verstecke mich in der Wohnung. Einkaufen kann ich nicht für dich. Da würden sie mich erwischen. Ich schreibe dir einfach alles auf und du besorgst es. Kochen werde ich dann für dich, die Wäsche waschen, bügeln, die Wohnung sauber halten. Wie solltest du ohne mich zurechtkommen. Nein, ich bleibe bei dir. Sie werden mich schon nicht entdecken in den paar Tagen, bis der Polenkrieg vorbei ist.«

Onkel Heinrich war gerührt. Allzu gerne hätte er das Angebot seiner Mutter angenommen. Aber es ging um eine Anordnung der Obrigkeit. Sich ihr zu widersetzen, überstieg seine Vorstellungskraft.

»Muttchen, liebes Muttchen«, sagte er. »Deine Besorgnis ist rührend und ich kann mir ein Leben allein auch schwer vorstellen. Aber im Krieg ist Gehorsam oberstes Gebot. So schwer es uns fällt, wir müssen gehorchen. Du fährst mit Guste und Peter und ich denke, Peters Eltern werden auch dich für die kurze Zeit aufnehmen.«

Witwe Blohmann fand sich überraschend schnell ab und sprang auf ein neues Thema.

»Aber Hansi muss mit«, sagte sie, »ohne Hansi fahre ich nicht.«

Da war Tante Gustes Geduld zu Ende. Schweigend hatte sie bisher zugehört, mit rotem Kopf und eingeklemmtem Mund diese Anbiederungen an ihren Heinrich hinuntergeschluckt. Als ob sie solche Scheinangebote nicht auch hätte machen können. Schamlos, so die Not eines Hilflosen auszunutzen. Und dann noch dieser widerliche Kanarienvogel.

»Du bist wohl verrückt!«, rief sie. »Hast du eine Ahnung, wie es morgen auf der Bahn zugehen wird? Zigtausend stürmen die Züge. Man wird sich halb zu Tode drängen. Und dann kommst du mit deinem Riesen-Luxus-Messingkäfig und dem winzigen Flattervieh darinnen und stößt den Leuten den Hut vom Kopf und das Messing ins Kreuz. Die werden dir deinen Piepvogel in Stücke reißen. Gib ihn doch Heinrich in Pflege. Hansi liebt ihn und Heinrich ist dann nicht so einsam.«

Witwe Blohmann nahm den Kampf auf. »Dass du keine Tierliebe im Leib hast, hab ich schon immer gewusst. Wie kann man nur so hässlich über einen niedlichen kleinen Vogel reden. Wer Tiere nicht liebt, hat auch kein Herz für seine Mitmenschen.

Nein, ich werde meinen Hansi nicht im Stich lassen. In seinem Badehäuschen werde ich ihn mitnehmen, niemand kann daran Anstoß nehmen. Und Hansi, Hansi wird es verstehen, dass man sich im Krieg einschränken muss. Wenn alle Notquartiere beziehen, kann es Hansi nicht besser gehen.«

Damit trennte man sich, um die Koffer zu packen. Am anderen Morgen brachte Onkel Heinrich die beiden Frauen und Peter zur Bahn. Er hatte die Uniform eines politischen Leiters angezogen. In der Kreisleitung versah er ehrenamtlich das Ressort für »Weltanschauliche Schulung«. Hier konnte er die Erkenntnisse seiner Habilitationsarbeit populistisch aufbereiten und in Vorträgen vor dem NS-Lehrerbund, der NS-Frauenschaft oder der Hitlerjugend unter das Volk bringen.

Die Uniform trug er ungern. Er wusste, sie kleidete ihn nicht gut. Das gelbliche Braun betonte das Talgig-Blässliche seines Teints. Auch saß die hohe Tellermütze wie ein Fremdkörper auf seinen Ohren, eher eine Verkleidung als ein Symbol der Autorität. Dennoch hatte sich Onkel Heinrich heute für den braunen Rock entschieden, denn er hoffte mit seiner Hilfe die Frauen besser durch das Gedränge der Volksgenossen steuern und ein Eisenbahncoupé für sie erobern zu können.

Onkel Heinrich trug den Harzer Roller im Badehäuschen und den Koffer seiner Mutter. Tante Guste hatte schwer an einer schweinsledernen Reisetasche zu schleppen und Peter hing ein viel zu großer Bergrucksack ins Kreuz, der ihm mehr zu schaffen machte als sein Köfferchen.

Das Gedränge auf den Bahnsteigen war in der Tat beängstigend. Hin und wieder kam eine blecherne Stimme aus den Lautsprechern, jedoch so verzerrt, dass sie niemand verstand. Die Menschen strebten in ihrer Ratlosigkeit in die verschiedensten Richtungen, verknäulten sich und kamen weder voran noch zurück. Wie Inseln der Hoffnung sah man hin und wieder inmitten des Knäuls die weiße Haube einer Rot-Kreuz-Schwester. Offenbar wussten die Schwestern Bescheid über eingesetzte Züge und deren Abfahrtszeiten, und sie gaben ihr Wissen unermüdlich mit leiser, heiserer Stimme an die, die ihnen nahe kamen.

Onkel Heinrich kämpfte sich zur nächsten weißen Insel durch.

Unermüdlich stieß er die Ecken von Hansis Badehäuschen in Weichteile, die den Weg versperrten. Die Menschen reagierten wie Pferde, denen man die Sporen gibt. Sie bewegten sich jäh in irgendeine Richtung, die ein wenig Spielraum bot. Und schon war Onkel Heinrich an ihnen vorbei. Kurz vor dem Ziel gab ihm ein eben überholter und daher erboster Hintermann noch einen kräftigen Stoß und so kam er der weißen Insel allzu nahe. Mit seinen hohen, schweren Parteistiefeln trat er der Schwester auf die Zehen. Diese, eine pausbäckig-stämmige Frau vom Lande, stieß einen schrillen Schmerzensschrei aus, gefolgt von dem ingrimmigen Ausruf: »Geben's doch Acht, Sie Trampeltier!«

Die Umgebung reagierte mit Gelächter und unfreundlichem Gemurmel, das sich gegen Onkel Heinrich richtete. Tante Guste, die im Kielwasser ihres Mannes nachgefolgt war, erkannte die Gefahrenträchtigkeit der Situation sofort und griff ein, noch ehe ihr Mann den Streit fortführen konnte. In untertänigem, fast verzweifeltem Ton sagte sie: »Verzeihen Sie, Schwester, wir sind ratlos. Niemand weiß, wo ein Zug nach Ulm steht. Bitte helfen Sie uns doch!«

Die Schwester vom Lande, eben noch erbost, fiel sofort in ihre Berufshaltung der Barmherzigkeit zurück.

»Eilen Sie«, sagte sie, »der Zug fährt in fünf Minuten auf dem nächsten Bahnsteig ab. Ich gehe Ihnen voran.« Sie bahnte den Weg, so dass Onkel Heinrich das Badehäuschen nicht mehr einsetzen musste.

Der Zug erwies sich als mäßig besetzt. Sie fanden ein Abteil, in dem die drei Flüchtlinge Platz hatten und Hansi neben sich auf die Bank stellen konnten. Schon hielt sich der Beamte mit der roten Mütze bereit, das Abfahrtsignal zu geben. Onkel Heinrich und Tante Guste umarmten sich heftig. Die Tellermütze geriet dabei ins Rutschen, saß nur noch locker auf dem Hinterkopf, wo sie ein leichter Windstoß erfasste und auf den Bahnsteig trieb. Onkel Heinrich war einen Moment unschlüssig, ob er der Mütze nacheilen oder seine Mutter umarmen sollte, die nun an der Reihe gewesen wäre. Er entschied sich doch für die Mütze. Als er sie endlich gefangen hatte, waren die Wagontüren bereits geschlossen. Der Zug rollte an.

Tante Guste lehnte sich aus dem Fenster und winkte. Onkel Heinrich hob den rechten Arm, um zurückzuwinken. Da besann er sich darauf, dass er die Uniform eines politischen Leiters trug. So hielt er den Arm straff in Augenhöhe ausgestreckt und erwies seiner Frau den Deutschen Gruß. Er blieb so stehen, bis der Zug nicht mehr zu sehen war.

VIII

Onkel Heinrich schlief schlecht in dieser Nacht. Er vermisste den leisen Pfeifton, den seine Frau mit Hilfe des verengten linken Nasenlochs zu erzeugen pflegte. Die Stille war beklemmend. Er erhob sich und durchwanderte die Wohnung. Alle Zimmertüren standen offen. Nichts umschloss ihn. Er setzte sich an den Schreibtisch und blätterte in dem Manuskript seiner Habilitationsschrift. Der Stoß der beschriebenen Blätter hatte eine stattliche Dicke erreicht. Er umspannte ihn mit Daumen und Zeigefinger, hob ihn hoch und genoss das Gewicht. Er stellte sich den Stoß zwischen Buchdeckeln vor. Der Umschlag musste das Bild des Führers zeigen, in dem die deutsche Geschichte zu sich selbst gefunden hatte, dachte er. Das war selbstverständlich. Ob man dazu die persönliche Genehmigung Hitlers brauchte? Er würde ihm einen Brief schreiben, einen ganz persönlichen Brief. Der Gedanke erwärmte und beruhigte ihn. Er legte sich wieder ins Bett und löschte das Licht, um in Ruhe und Konzentration die Sätze des Briefes formulieren zu können.

Schon die Anrede war schwierig. Er wollte seine Bewunderung, seine Verehrung, seine Liebe ausdrücken. Aber jedes Adjektiv wirkte unzulänglich, durch das Alltägliche verbraucht, dem Überragenden nicht angemessen. So entschied er sich für das schlichte »Mein Führer«. ›Wen ich in allen Dingen des Lebens als meinen Führer anerkenne, dem gehöre ich ganz‹, dachte er. Mitten hineinspringen musste er, gleich mit dem ersten Satz. Sonst würde der Führer nicht weiterlesen. »In Ihnen hat die deutsche Geschichte zu sich selbst gefunden.« Das musste ihn packen. Auf dieser Höhe musste es weitergehen. Der Anfang war zu nennen, der Ursprung. »*Ihr* Bild trug der Geist der Geschichte in sich, seitdem der erste nordische Mensch diese Welt betreten hat.« Er erwog Alternativen, spürte dem Geist der Geschichte nach und schlief ein.

Um sieben Uhr holte ihn der Wecker zurück in die Kälte des frauenlosen Daseins. Als er im Bad vor dem Spiegel stand und sein bleiches, talgiges Gesicht sah, fiel ihm ein, dass er nichts konnte von dem, was der täglichen Versorgung des Menschen dient. Von der Hand seiner Mutter war er direkt in die Hand seiner Frau übergegangen. Er konnte nicht kochen, nicht waschen, nicht bügeln, nicht nähen, nicht putzen. Ja, er wusste nicht einmal, wo er einkaufen sollte. Er war in Gustes Hand und die hatte sie abgezogen. Eine Stunde lang hatte sie ihm gestern erklärt, wie er zurechtkommen konnte. Aber es war viel zu viel auf einmal gewesen und er hatte wenig behalten. Die schmutzige Wäsche sollte er einfach in den großen Korb im Badezimmer werfen. Die Polen würden nicht länger aushalten als sein Wäschevorrat reichte. Das war einleuchtend. Aber schon das Frühstück bereitete Schwierigkeiten. Guste hatte ihm Tee empfohlen. Das sei am einfachsten zuzubereiten. Das Wasser bis zum Kochen heiß machen und dann in die Kanne mit dem Teebeutel gießen. Aber jetzt wusste er nicht, welchen Topf er für das Wasser nehmen sollte.

Er stellte das Frühstücksgedeck auf den Küchentisch. Zu seiner Frau hatte er immer gesagt, dass er niemals in der Küche essen werde. Das sei entwürdigend, etwas für Bedienstete, Lakaien, Domestiken. Jetzt fand er es doch praktisch, das Geschirr nicht so weit tragen zu müssen. Butter fand er in der Speisekammer, auch einen halben Laib Brot. Das Abschneiden hatte er bisher Guste überlassen. Er hasste den Umgang mit dem großen Brotmesser. Immer hatte er Angst damit auszurutschen und sich zu schneiden.

Das Glas mit Himbeermarmelade enthielt nur noch einen kläglichen Rest, der allenfalls für ein halbes Brot reichte. Marmelade war für Onkel Heinrich das Wichtigste am Frühstück. Das Süße, Fruchtige verschaffte ihm jenes abgerundete Behagen, das den Aufbruch in die Mühen des Tages erträglich erscheinen ließ. Er durchsuchte die Speisekammer von oben bis unten. Aber er entdeckte nichts, was nur im Entferntesten einem Marmeladenglas ähnelte.

Er wusste, die oberste Etage des großen Lattengestells drunten im Keller war voll mit frisch eingemachter Marmelade. Juli/August war die Einmachzeit und Guste vollbrachte Großes, um sein Frühstücksbehagen für das ganze Jahr sicherzustellen. Er dachte wohlgefällig daran, aber doch auch mit leichtem Groll, weil Guste nicht noch ein volles Glas heraufgeholt hatte vor der Evakuierung.

Er hatte die Wahl: vom zweiten Stock in den Keller hinabzusteigen oder fast ohne Marmelade zu frühstücken. Sein Appetit auf das Süße trieb ihn nach untern, obwohl er den Tee bereits überbrüht hatte.

Im Erdgeschoss drückte er auf den Lichtschalter für die Kellertreppe. Es leuchtete kein Licht auf.

Zunächst schimpfte er in Gedanken auf den Hausmeister. Dann fiel ihm ein, dass Herr Willig schon am ersten Kriegstag zur Wehrmacht eingezogen worden war und seine Frau Karlsruhe gestern verlassen musste.

›Diese törichte Evakuierung‹, dachte er wieder. ›Überall Probleme und die Franzosen kommen ja doch nicht. Wer wechselt jetzt durchgebrannte Glühbirnen aus?‹

Im ersten Moment wollte er wieder umkehren und in seiner Wohnung nach einer Taschenlampe suchen. Dann war er überzeugt, zwei Treppenabsätze auch im Dunkeln zu schaffen. Unten im Keller würde das Licht ja sicher brennen.

Er tastete mit der rechten Hand an der Wand entlang und suchte jeweils mit dem linken Fuß die nächste Stufe. Acht Stufen zählte er bis zum ersten Treppenabsatz. Er war fest überzeugt, diese Zahl müsste sich wiederholen. Mehr als acht Stufen konnten es nicht mehr sein bis zum Ende der Treppe. Nach der achten Stufe setzte er den linken Fuß beherzt geradeaus und trat ins Leere. Es wären noch zwei Stufen zu überwinden gewesen. Onkel Heinrich verlor das Gleichgewicht und stürzte nach hinten. Sein Hinterkopf schlug hart auf die Kante einer Treppenstufe. Dann rutschte der Körper abwärts und der Schlag auf den Hinterkopf wiederholte sich noch zweimal.

Onkel Heinrich spürte, wie eine kochende Flüssigkeit durch sein Gehirn schoss. Dann verlor er das Bewusstsein.

Erst am späten Nachmittag entdeckte ihn Finanzoberinspektor Siegfried Krümmel, der das erste Stockwerk bewohnte. Er war im Erdgeschoss umgekehrt und hatte sich eine Taschenlampe geholt.

Der Strahl der Lampe traf direkt auf das bleiche Gesicht Heinrich Blohmanns. Die Augen waren offen, leer und ohne Ausdruck. Aus dem Mund sickerte Blut.

Herr Krümmel erschrak zutiefst. Ja, er stieß einen unartikulierten Schrei aus, obwohl er sonst nicht zu Gefühlsausbrüchen neigte. Er rannte zur nächsten Telefonzelle und verständigte Polizei und Notarzt. Als sie Heinrich Blohmann in die Notaufnahme des Krankenhauses brachten, war er bereits tot. Als Todesursache wurde Gehirnblutung eingetragen.

Am übernächsten Tag stand die Todesanzeige in der Karlsruher Lokalausgabe des Völkischen Beobachters. Sie war eingerahmt von zwei Anzeigen gefallener Soldaten. Links gaben die Eltern des Oberleutnants Wolfgang Unterreuter in stolzer Trauer bekannt, dass ihr Sohn den »Heldentod« gefunden hatte. Rechts zeigte die Witwe des Obergefreiten Hans Seile den Verbleib ihres Mannes auf dem »Felde der Ehre« an.

Bei Heinrich Blohmann war demgegenüber von Heldentod, Stolz und Ehre nicht die Rede. »Mein innig geliebter Mann, mein einziger Sohn«, hieß es da, »ist einem tragischen Unfall zum Opfer gefallen.« Über das »innig geliebt« war es noch zum Streit zwischen Ehefrau und Mutter gekommen. Jede wollte es für sich beanspruchen. Schließlich hatte Tante Guste gesiegt und Tante Walburga musste sich mit dem Adjektiv »einzig« begnügen.

Ein viertel Jahr später stand Tante Guste im dunkelblauen Kostüm und schwarzer Bluse wieder in der Schulstube. Als Witwe durfte sie Beamtin sein. Die Schülerinnen, die sie in der vierten Volksschulklasse unterrichtet hatte, fielen in der Oberschule durch ihre soliden Kenntnisse in Orthographie auf.

Konfirmation im Krieg

Peter war Christ, getauft am siebten Tag nach der Geburt, evangelisch-lutherisch, den alten Adam ersäuft, mit allen Sünden und bösen Lüsten!

»Satan lass dir dieses sagen«, hatte die Gemeinde gesungen, »ich bin ein getaufter Christ, und damit kann ich dich schlagen, ob du noch so grausam bist.«

Freilich, ungewiss bleibt die Gnade auch für den Getauften. Nur der Glaube kann sie erringen. Peter lernte glauben. Religionsunterricht in der Schule, Kinderlehre im Kindergottesdienst, den letzten Schliff aber gab Pfarrer Löblein im Konfirmandenunterricht. Im vierten Kriegsjahr musste der Kurs um ein Jahr vorverlegt werden. Bei den Vierzehnjährigen hatte die Hitlerjugend den Vorgriff. Pfarrer Löblein gab sich Mühe, vermittelte Rüstzeug.

Zuerst kam die Einteilung der Bibel. »Wer das Inhaltsverzeichnis braucht, um den Propheten Jesaja zu finden, stiehlt unserm Herrgott die Zeit! Jesaja, Jeremia, Hesekiel, Daniel, Hosea, Joel, Amos, Obadja, Jona, Micha …, schnurren muss das, eins, zwei, eins, zwei!« Blockierte Ganglien lockerte Löblein durch Kopfnüsse. Dann kam auch Habakuk über die Zunge.

Luthers kleiner Katechismus erschloss die Regeln der Ethik. Leichter hält man die zehn Gebote, hat man im Zweifel den Kommentar im Kopf.

Das zehnte Gebot, was ist das? »Dass wir unseren Nächsten nicht sein Weib, Gesinde oder Vieh abspannen, abdingen oder abwendig machen!«

Peter hatte Schwierigkeiten, die Verben jeweils dem rechten Substantiv zuzuteilen. Was sollte nun nicht abgespannt werden? Das Weib oder das Vieh, oder beides? Einerlei. Das Merkwürdige merkt sich am besten.

Das achte Gebot war diffiziler. Luther allein half da nicht weiter. Pfarrer Löblein schöpfte aus eigener Erfahrung. Wahrheit und Höflichkeit, wie soll man sie auf einen Nenner bringen? Den schmalen Pfad der Tugend fand Pfarrer Löblein auch hier.

»Zeigt mir der Freund ein Bild, das voller Sünde und Gräuel, lob' ich den prächtigen Rahmen und bleib höflich und wahr!«
Am Werk des Führers lobte Löblein die Autobahn.

Schlicht war Löbleins Gottesbegriff. Luthers Vatermodell reichte aus, war es doch dem deutschen Kinde von Hause aus geläufig. Kleider und Schuhe, Essen und Trinken, alles gab der allmächtige Vater, ohne all des Kindes Verdienst und Würdigkeit, weshalb man ihm zu danken und zu loben und gehorsam zu sein schuldig war.

Der Zorn des Vaters freilich war fürchterlich. Er überschritt Peters Erfahrung. Sein Vater zürnte allenfalls über Stunden. Luthers Gott suchte die Sünde der Väter heim an den Kindern bis ins dritte und vierte Glied. Was wusste Peter von den Sünden seines Urgroßvaters? Daheim hing er im Flur über der alten Holztruhe: rosige Biederkeit über steifem Stehkragen, ein ehrsamer Seifensieder. Den Dämon konnte er in seinen wässrigen blauen Augen nicht finden, allenfalls ein wenig Sauermilch.

Die Sünde lauerte allenthalben. Pfarrer Löblein entdeckte sie auch in der Literatur. Gift träufelt aus den Büchern. »Studiert zuerst das Leben des Autors«, riet er, »und ihr wisst, wes' Geistes Kind er ist. Nur aus reiner Quelle kommt reines Wasser!« Nietzsche war da rasch erledigt. Aus einem syphilitischen Kopf muss Trübes kommen. Heines »zersetzender jüdischer Spott«, meinte Löblein, hat ähnliche Quellen. Fortschreitende Paralyse, Rückenmarkleiden, Siechtum in der Matratzengruft, da liegen die Ursachen gewiss in der Sünde. Auch Schopenhauers Frauenhass führte Löblein auf jugendliche Ausflüge ins Rotlicht-Milieu Hamburgs zurück.

Goethe verwirrte Löblein. Viele Seelen wohnten in der Brust des großen Dichters und einige davon seien dunkel, ja diabolisch. Entsprechende dunkle Flecken gäbe es auch im Leben des Olympiers. Er rate daher die Lektüre bis ins reifere Alter zurückzustellen, bis ein sicheres moralisches Urteil vor Schaden bewahre.

Luthers Katechismus und die guten Sitten – Peter kaute das karge Brot redlich. Wann aber kam der große Sturm des Glaubens, den die Bibel verheißt? Gott naht mit Brausen! Das Pfingstwunder! Saulus hatte der Blitz zu Boden geworfen. Peter fand nichts Umwerfendes in Löbleins Redestrom.

Am Ende der zehnten Stunde allerdings ergriff ihn Unruhe. Der Puls beschleunigte sich, begann schließlich in den Schläfen zu hämmern. Hitze stieg in den Kopf. Die Augen brannten. Ein glühender Strom löschte die Gedanken aus. Nur noch Bilder jagten sich. Bilder der Angst und der Bedrohung.

Peter wankte nach Hause. Die Eltern holten Dr. Knöpfle, den Hausarzt. Der sah keine Zusammenhänge mit dem Konfirmandenunterricht. Allenfalls kamen Mitschüler als Infektionsquelle in Betracht. Peters rotfleckige Haut belegte die Diagnose – Scharlach. Nach zwei Wochen konnte er sie in Streifen vom Körper ziehen. Die neue Haut war frischer, aber nicht anders.

Fünf Wochen Quarantäne hatte Dr. Knöpfle verordnet, damit Peter die Krankheit nicht weitertragen konnte.

Pfarrer Löblein ließ das kranke Schäflein nicht im Stich. Er brachte den kleinen Katechismus ins Haus. Peter erhielt Einzelunterricht. Am elterlichen Esstisch saßen sich Lehrer und Schüler gegenüber. Peter übte seine Augen in Demut. Seine Gedanken verbohrten sich seltsam. ›Pfarrer Löblein verdaut die Bibel‹, dachte er. ›Alles an ihm ist Verdauung. Seine Brille hat nur halbe Gläser für die Ferne. Meist bleiben sie leer. Löbleins Augen suchen darunter den Bauch. In ihm aber ruht das Leben. Wort für Wort drückt Löbleins massiges Kinn hinunter. Die große Kugel schluckt alles, große und kleine Propheten. Sie wirft kein Echo zurück. Ruhig schwimmt sie im Atem: Löbleins Friede im Herrn.‹

Auch die Einsegnung musste in der elterlichen Wohnung stattfinden.

Das Organisatorische übernahm Tante Blümlein. Ledig und mit einer kleinen Rente versorgt, war sie einsatzbereit, wo immer familiäre Hilfe benötigt wurde. Häufigkeit und Vielseitigkeit der Einsätze hatten ihr zu einer gewissen Virtuosität in den praktischen Angelegenheiten des Lebens verholfen. Ihr Vorrat an Witzen, den sie selbst mit zirka fünfhundert bezifferte, erleichterte ihr das Anknüpfen von Geschäftsbeziehungen auf schwarzen oder grauen Märkten.

In ihrem Koffer brachte sie den Festbraten mit, ein Kaninchen, eingetauscht gegen zwei überzählige Servietten.

Auch den Konfirmandenanzug hatte sie zu beschaffen gewusst. Eine Schande wär's, meinte sie, träfe der Segen auf kurze Hosen. Wer könnte das besser verstehen als eine Pfarrerswitwe. Drei hatte Tante Blümlein in ihrem Adressbuch.

Die erste wollte Eier und Schmalz für das Tuch des Verblichenen. Die zweite konnte sich von den schwarzen Röhren nicht trennen. Die dritte gab des Gatten Hochzeitsanzug gegen Gottes Lohn und zehn Witze aus Tante Blümleins anständiger Schublade. Tante Blümlein kürzte die Hosen, schnitt einen zwanzig Zentimeter Streifen aus dem Hinterteil und zog den Bund zusammen. Die Jacke ging an. Der Verblichene war hohlbrüstig. Peter sah an seiner Konfirmation aus, als wollte er Pfarrerles spielen.

Das Sakrale brachte Diakon Scheuerle am Vorabend in einem schwarzsamtenen Sack: ein silbernes Kruzifix, zwei massiv-silberne Kerzenhalter, eine violette Altardecke. Wo sollte er ihn decken, den Tisch des Herrn? Es gab keine Zweifel. Allein der Schreibtisch des Vaters hatte die Hoheit im Holz, dunkel mattierte Eiche.

Peters Vater übernahm die musikalische Einstimmung. Viele Stunden hatte er an dem Choralvorspiel »Herr Jesu Christ, Dich zu uns wend« aus dem Orgelbüchlein von Johann Sebastian Bach, für das Klavier gesetzt von August Stradal, geübt. Und so brachte er das Stück auch ohne Stocken über die Tasten, wenn man von kleineren Holprigkeiten absah, die er geschickt mit dem Pedal zu kaschieren wusste.

Peter versuchte den schwarzen Anzug auszufüllen mit Frömmigkeit. Er wusste, man erwartete hehre Gefühle von ihm, Andacht und Inbrunst. Aber niemand verriet das Rezept. An was sich aufschwingen? Wie sich versenken in seelische Tiefen? Dome, Gebirge, das Meer, Blitz und Donner, die Neunte Symphonie, die Matthäuspassion, Orgelgebraus, Glockenklang, Rilkes Weise von Liebe und Tod des Cornets: ein verwirrendes Angebot der Erhabenheit! Was blieb, war ein wenig Herzklopfen, ein leichtes Flirren hinter den Augen, Beklommenheit vor dem hohen Anspruch, vielleicht auch, weil er das Glaubensbekenntnis aufsagen sollte, allein, vor Vaters Schreibtisch. Er schaffte es stolperfrei, ließ die Worte rollen ohne Reibung und ohne Last. Tante Blümlein, die als Souffleuse hinter ihm stand, wartete vergebens auf ihren Einsatz.

Den Segen nahm Peter auf einem Fußschemel entgegen, Erbstück aus der Gründerzeit, graues Polster mit roten Rosen. Er erkannte die Blumen zum ersten Mal als er niederkniete. Sie füllten sein Bewusstsein aus, herrisch und intolerant gegen Wort und Gebärde des Pfarrers. Er ließ erst von ihnen ab, als sein Vater Luthers Lied von der festen Burg anschlug. Erleichtert brachte er sich ein in den Strom der Stimmen, der ihn mitnahm ins Unverbindliche, Allgemeine. Er war in die Gemeinde aufgenommen. Diakon Scheuerle räumte den Schreibtisch schnellgriffig, ohne zu klappern, barg auch Löbleins Talar, sauber gerollt, im schwarzsamtenen Sack. Mit dem Schritt eines Obers, in dem sich Eile mit Würde vereint, verließ er grußlos die Wohnung.

Der Geschenktisch war mager. Im vierten Kriegsjahr gab es wenig zu kaufen. Der Patenonkel, als Obergefreiter in Norwegen stationiert, ließ von der Heimatbuchhandlung »Hermann Göring, Werk und Mensch« übermitteln. Die Papierzuteilung für diese Biografie unterlag keiner Beschränkung. Pfarrer Löblein lobte die Typographie.

Die Eltern schenkten das Gesangbuch, gedruckt noch immer auf feinem hadernhaltigen Dünndruckpapier der Papierfabrik zum Bruderhaus in Dettingen, mit Goldschnitt versehen.

Tante Blümlein aber hatte eine Armbanduhr organisiert, eingetauscht gegen Bettwäsche und Pelzmütze. Peter hielt sie ans Ohr, lauschte dem Ticken und glaubte endlich teilzuhaben am Strom der Zeit.

Pfarrer Löblein blieb zum Karnickelbraten.

»Aller Augen warten auf dich, Herr«, betete er, »und du gibst ihnen ihre Speise zu seiner Zeit. Du tust deine milde Hand auf und erfüllest alles, was lebt, mit Wohlgefallen.«

Aber so recht war er nicht zufrieden mit der Lebensmittelration, die ihm der Herr zu dieser Zeit zuteilte. Die Marken, meinte er, reichten nicht zum Leben, und in der Stadt brächten die Gemeindemitglieder ihrem Pfarrer nicht viel zum Beißen. Da hätten es seine Amtsbrüder auf dem Land doch gut. Speck, Eier, Milch und Brot wanderten ins Pfarrhaus ohne Bitten und Betteln.

Tante Blümlein riet, sich versetzen zu lassen.

Dann wurden die Klagen allgemeiner. Der Krieg, die Luftangriffe, die vielen Vermissten und Gefallenen in Russland. Pfarrer Löblein hatte einen Neffen dort, Peter einen Vetter. »Der Herr gebe uns Frieden«, sagte Löblein.

Tante Blümlein versuchte aufzulockern. Sie holte Witze aus ihrer Kinderschublade. Vom Doktor der Rechte plauderte sie, zu dem sich der Bauer mit einem Splitter in der linken Gesäßhälfte verirrte. »Gibt's jetzt schon für jeden Arschbacken einen Spezialisten?«, fragte er den Rechtsgelehrten, der seine Zuständigkeit bestritt.

Köstlich fand's Pfarrer Löblein. »Deftige deutsche Bauernkost, unberührt von glattgelackter Latinität!«

Kein Familienfest ohne Musik. Kaum war die Zitronencreme eingeschlürft, musste Peter ans Klavier, um mit seinem Vater Haydns Symphonie mit dem Paukenschlag vierhändig zu erledigen. Auf die Details kam es nicht an. Was nicht auf Anhieb zu entwirren war, blieb liegen.

Löblein fand, dass sich Peter wacker gehalten habe. »Musik schließt die Seele auf. Der Bub wird richtig.«

Zum Kaffee konnte Löblein nicht mehr bleiben. Echte Sahne, freilich, er fand es verlockend. Aber die Beerdigung war nicht zu verschieben.

»Die Leiche läuft nicht davon«, meinte Tante Blümlein.

»Aber die Totengräber«, gab Löblein zurück.

So musste es denn sein. Tante Blümlein packte drei Stück Käsesahne ein für Frau Pfarrer und die Kinder. Peter trug sie bis zur Haustüre.

Der Tag ging harmonisch zu Ende. Peter war zufrieden und furchtlos, als er abends das Licht löschte. Er wollte ein Nachtgebet sprechen. Das war er dem Tag schuldig. Kinderverse gingen nicht mehr. Aber wie den Dialog aus Eigenem beginnen, wenn man den Partner nicht kannte? Luthers kleiner Katechismus half da nicht weiter.

Sollte er bitten? Einen Wunschkatalog schicken? Gott war kein Weihnachtsmann. Peter schlief ein ohne Gebet.

Aldi in der Klinik

Als Franz Kleinschmidt zu erwachen glaubte, spürte er starke Schmerzen im rechten Unterbauch. ›Der Blinddarm‹, dachte er. ›Fünfzig Jahre hab' ich auf ihn gewartet. Jetzt endlich kommt er. Schon als Kind hat man mir beigebracht, dass er im rechten Unterbauch sitzt.‹

»Ulla«, rief er, »Ulla, mein Blinddarm!« Aber das Bett neben ihm war leer, die Bettdecke sorgfältig zurückgeschlagen, das Leintuch glatt. Wenn sie nur ins Bad gegangen wäre, dachte er, hätte sie das Bett nicht so geordnet.

Ulla wüsste jetzt, was zu tun ist. Aber allein, wie soll ich allein mit dem Blinddarm fertig werden?

Ich muss den Notarzt anrufen. Der wird das mit dem Blinddarm regeln.

Franz Kleinschmidt versuchte aufzustehen. Er setzte den linken Fuß auf den kühlen, glatten Bettvorleger. Aber er zuckte sofort zurück, als eine dunkle, herrische Stimme neben ihm tönte.

»Bleiben Sie liegen, Herr Kleinschmidt!«, sagte die Stimme. »Ganz ruhig liegen bleiben! Wir sind schon da!«

Dann ging das Licht an. Nicht das kleine, behutsame Nachttischlämpchen, nein, das erbarmungslose Deckenlicht mit hundertfünfzig Watt. Kleinschmidt blinzelte zur Seite, in Richtung auf die herrische Stimme. Der Mann verfestigte sich langsam, als käme er aus dem Nebel. Er hatte weiße Hosen an und weiße Sportschuhe, und über dem weißen T-Shirt trug er einen offenen orangefarbenen Arbeitskittel. ›Kein Arzt‹, dachte Kleinschmidt, ›eher eine Art Sanitäter. Wahrscheinlich hat er Hände wie Schraubstöcke.‹

Da fuhren die großen Hände auch schon unter die Bettdecke und drückten auf seinen rechten Unterbauch. Tief gruben sie sich in die Haut, um plötzlich loszulassen, so dass sie in ihre Ausgangslage zurückschnellte. Kleinschmidt stöhnte.

Der Schmerz war beträchtlich.

»Typischer Loslassschmerz bei Appendizitis«, sagte die herrische

Stimme wichtigtuerisch. Der Mann hatte breite Schultern und eine fettig glänzende Glatze, deren Haarkranz glatt rasiert war.

Erst jetzt sah Kleinschmidt, dass der Kahlkopf nicht allein war. An der Tür stand ein schmaler, blasser Gehilfe, dessen strähnig blondes Haar auf den Kragen seines orangefarbenen Arbeitsmantels fiel. Er beugte sich hohlbrüstig nach vorne, als könnte er es nicht erwarten, endlich nach der Tragbahre zu greifen, die vor ihm stand.

»Wer hat Sie denn gerufen?«, wagte Kleinschmidt jetzt zu fragen. »Meine Frau?« Der mit der Glatze zog seinen Mundwinkel verärgert nach unten.

»Was tut das zur Sache?«, brummte er. »Wir sollten uns beeilen. Mit dem Blinddarm oder genauer mit dessen Wurmfortsatz ist nicht zu spaßen!«

Zusammen mit dem blassen Blonden stellte er die Tragbahre neben das Bett. »Steigen Sie ein, Herr Kleinschmidt!«, sagte er mit einer einladenden Handbewegung. Er grinste aufdringlich.

»Ich muss mich doch erst anziehen«, bemerkte Kleinschmidt. »Auch brauche ich Waschzeug, Rasierapparat und Zahnbürste.«

»Unnötiger Ballast!«, brummte der mit der Glatze. »Wir brauchen nur Ihren Körper.«

Dann griff er Kleinschmidt ohne Vorankündigung unter die Achseln, während der Blonde die Bettdecke zur Seite schob und seine Beine über den Knöcheln umklammerte.

»Und hopp!«, kommandierte der mit der Glatze. Kleinschmidt schwebte einen Augenblick in der Luft. Dann spürte er, wie Rücken und Gesäß unsanft auf der Bahre landeten. Gurte zogen sich über seiner Brust und über seinen Oberschenkeln zusammen. Seine Pyjamajacke war nach oben gerutscht, so dass der Bauch blank lag. Der Blonde warf eine graue Decke über seinen Körper. Die rauen Fasern scheuerten auf der blanken Haut. Auch roch die Decke unangenehm nach Desinfektionsmitteln, die Kleinschmidt aus Klinikfluren in Erinnerung hatte.

Die beiden Männer polterten mit der Tragbahre die Treppe hinunter. Kleinschmidt blickte auf seine Uhr, die er stets auch nachts am Arm hatte. Es war fünf Uhr. ›Die wecken das ganze Haus auf‹, dachte er.

Im ersten Stock öffnete sich die Wohnungstüre um einen Spalt. Er glaubte, die verschreckten Augen von Frau Kohlhepp zu erkennen.

»Frau Kohlhepp, bitte verständigen Sie meine Frau!«, rief er, schon einen Treppenabsatz tiefer.

Als er ihre Rückfrage hörte, wo denn seine Frau sei, war er bereits an der Haustüre. Er hätte die Frage auch nicht beantworten können.

Die Männer schoben ihn in einen Krankenwagen, der vor dem Haus parkte. Der hagere Blonde setzte sich hinters Steuer, der Glatzköpfige neben die Tragbahre.

»Und jetzt ein kleines Spritzchen, Herr Kleinschmidt, damit Sie sich entspannen. Ist doch ein Schreck, so eine nächtliche Attacke!« Der Glatzköpfige versuchte sich in einem Tonfall sanfter Betulichkeit. Kleinschmidt kam nicht auf die Idee, sich zu wehren. Er hatte das Gefühl, es sei nicht mehr seine Sache, zu handeln. Beobachten, was mit ihm geschah, das konnte er, auch den Schmerz empfinden, der sich jetzt wieder in seinem rechten Unterbauch regte. Der Einstich der Spritze war demgegenüber kaum zu spüren.

Das Beruhigungsmittel musste sehr bald seine Sinne umnebelt haben. Jedenfalls setzten die Bilder erst wieder ein, als die Tragbahre nicht mehr im Krankenwagen, sondern auf dem Fußboden eines Büros stand.

»Hoffentlich wacht er bald auf, der alte Schnarcher, wir müssen weiter!«, hörte er den Glatzköpfigen sagen und er spürte, wie eine Schuhspitze energisch gegen seine Hüfte stieß. Dann beugten sich die beiden Gesichter über ihn, das schmale mit den blonden Strähnen und das haarlose, runde.

»Na endlich«, sagte der Glatzköpfige. »Stehen Sie auf und setzen Sie sich auf den Stuhl. Wir brauchen die Bahre wieder!« Er deutete auf einen Büro-Einheitsstuhl, der vor dem Schreibtisch stand, Sitzfläche und Lehne aus schwarzem Kunststoff, die Beine aus hellem Metall. Kleinschmidt stemmte sich mühsam hoch und schaffte es schließlich, auf die Beine zu kommen, nachdem der dünne Blonde sich dazu bequemt hatte, ihm unter die Arme zu greifen. Gern hätte er sich in die nach Klinikflur riechende

Decke gehüllt, denn es war kühl in dem kahlen Büro. Aber der Glatzköpfige nahm sie ihm weg mit dem Bemerken, sie gehöre in den Wagen. So kauerte er sich in den Plastikstuhl und spürte dessen Kühle durch den dünnen Hosenboden seines Schlafanzugs. Seine Hände verschränkten sich vor dem Hosenschlitz, denn er war sich nicht sicher, ob dessen Ein-Knopf-System sicheren Sichtschutz bot.

Auf der Befehlsseite des Schreibtisches nahm jetzt eine Frau Platz, die vorher an einem Aktenregal hantiert hatte. Sie trug eine grellgelbe Bluse. Auch ihre Gesichtsfarbe ging ins Gelbe. Eine dicke, dunkelbraune Hornbrille drückte auf ihre blasse, spitze Nase. ›Sicher eine Verwaltungsangestellte‹, dachte Kleinschmidt.

Die Frau grüßte ihn nicht. Abwartend sah sie ihn durch die dunkle Brille an, als wartete sie darauf, dass er sich endlich schämte.

»Name«, sagte sie schließlich. Er brauchte geraume Zeit, bis er begriff, dass dies eine Frage war. Weiter ging es mit Vornamen, Geburtsdatum, Familienstand. Ihn fror, und der rechte Unterbauch rührte sich wieder.

Ob er nicht in ein Krankenzimmer kommen und einen Arzt sehen könne, fragte er leise. Die Frau sah ihn an, als betrage er sich unsittlich.

»Erst müssen Sie durch die Aufnahme«, sagte sie. »Jeder muss durch die Aufnahme!«

Als er bei ihrer Frage nach der Krankenkasse eine private nannte, zeigte sie zum ersten Mal die Andeutung eines Lächelns. Sie entblößte dabei das obere Drittel ihrer unteren Schneidezähne. ›Die meisten Menschen entblößen die oberen Schneidezähne‹, dachte Kleinschmidt. Unten, da schiebt man das Kinn nach vorne wie ein Nussknacker. Vielleicht würde die Gelbe lieber beißen als lächeln.

»Privat, da müssen Sie noch unterschreiben, dass Sie vom Chefarzt behandelt werden wollen und den fünffachen Satz bezahlen«, sagte sie jetzt wieder ganz ernst.

»Und wenn nicht?«, wagte Kleinschmidt in einem kurzen Anfall von Eigensinn zu fragen.

»Sie sind lustig«, antwortete die Gelbe. »Jeder will zum

Schmied und nicht zum Schmiedle! Oder ist Ihnen Ihre Gesundheit nichts wert?«

»Doch«, sagte Kleinschmidt kleinlaut.

»Und wen sollen wir im Falle Ihres Ablebens benachrichtigen?«, wollte die Gelbe jetzt wissen.

Kleinschmidt erschrak. »Es ist doch nur der Blinddarm!«, stotterte er.

Die Gelbe lächelte mit ihren unteren Zähnen. »Kein Grund zur Besorgnis«, sagte sie. »Die Frage stellen wir immer, der Ordnung halber.«

Kleinschmidt nannte den Namen seiner Frau.

»Adresse?«, frage die Gelbe.

»Dieselbe wie meine, natürlich.«

»Was heißt hier natürlich«, trumpfte die Gelbe auf. »Viele Eheleute leben getrennt, weil sie sich nicht mehr ausstehen können. Warum hat Sie Ihre Frau nicht ins Krankenhaus begleitet? Wollte sie nicht so früh aufstehen, oder war sie gar nicht zu Hause, um fünf Uhr früh?« Die Gelbe sprach plötzlich rasch und scharf, als wollte sie einen Angeklagten verhören.

Kleinschmidt erschrak wieder. Er zog seine Knie hoch zur Brust und umklammerte sie mit beiden Armen. Seine nackten Füße hatten sich auf dem schwarzen Kunststoffsitz zusammengezogen. Er schwieg.

Die Gelbe stieß nicht nach.

»Dann eben Ulla Kleinschmidt, Adresse wie gehabt«, sagte sie ruhig und zuckte mit den Achseln. »Blinddarm privat, auf Zimmer 133«, rief sie ins Telefon.

Den Riesen, der jetzt eintrat, schätzte Kleinschmidt auf über zwei Meter. Er war ganz in Weiß gekleidet. Der offene Kittel über dem T-Shirt endete zwei Handbreit oberhalb des Knies. Die Ärmel reichten nur knapp über die Ellbogen. Nackte Unterarme hingen heraus wie bedrohliche Greifer.

»Pack mer's«, sagte er zu Kleinschmidt und schälte ihn mit seinen Greifern aus dem Stuhl. Auf seinen Armen trug er ihn hinaus vor die Türe, wo er ein Bett auf Rädern geparkt hatte. Er legte ihn mit einer Behutsamkeit hinein, die Kleinschmidt seinen klobigen Händen nicht zugetraut hätte.

Gemächlich schob er das Bett mit einer Hand durch den breiten Gang. Mit der anderen angelte er ein Handy aus der Kitteltasche. Der Riese lauschte einer hell quakenden Stimme. »Sofort in den OP, jawohl Frau Knittel!«, wiederholte er die Weisung. Dann drehte er das Bett scharf nach links in einen Quergang.

»Sie werden gleich operiert«, sagte er zu Herrn Kleinschmidt. »Da ist einer ausgefallen. Die Gallenblase um sieben. Ex gegangen heute Nacht, Herzinfarkt! Vor lauter Aufregung!« Die Stimme des Riesen klang verächtlich.

»So hätte es doch nicht pressiert«, sagte Kleinschmidt mit leiser verängstigter Stimme. »Kein Arzt hat mich bisher untersucht. Nur der Sanitäter mit den großen Händen. Vielleicht ist es gar nicht der Blinddarm, vielleicht ist es die Niere.«

Der Riese verlangsamte die Fahrt etwas. Auch seine Stimme bremste. »Nur nicht aufregen, Herr Kleinschmidt«, sagte er. »Denken Sie an die Gallenblase von heute Nacht. Entspannt sein ist alles. Warum hängen Sie an Ihrem Appendix? Seien Sie froh, wenn Sie ihn los sind. Sicher ist sicher!«

Die Aluminiumtüre des Operationstrakts öffnete sich vor dem heranrollenden Bett und schloss sich sogleich wieder, als es die Schwelle passiert hatte. Über Kleinschmidts Kopf beugte sich ein weiß gekleideter Herr mit schwarzem Schnurrbart. Alles Haarige in seinem Gesicht glänzte schwarz, das lockige Haupthaar, die dichten Augenbrauen, die langen Wimpern, der Bartschatten um das eckige Kinn. Umso mehr strahlten die stahlblauen Augen aus all der Finsternis.

Kleinschmidt war sich sicher, das Gesicht zu kennen. Er brauchte jedoch geraume Zeit, um in seinem Gedächtnis den Ort zu finden, an dem es ihm aufgefallen war. Natürlich, jetzt hatte er das Bild genau vor sich. Das Gesicht gehörte in die Aldi-Filiale am Candid-Platz. Immer spazierte der Schnurrbärtige im weißen Kittel durch die Regale, wenn Kleinschmidt mit Ulla dort einkaufte. Wahrscheinlich war er der Geschäftsführer, denn er legte nie mit Hand an, wenn andere die Regale füllten. Schon beim ersten Besuch war Kleinschmidt aufgefallen, dass der Schnurrbärtige Ulla mit seinen stahlblauen Augen anstarrte, als wollte er ihr mehr als Waschpulver verkaufen. Ulla hatte ihn wegen dieser Beobachtung ausgelacht und behauptet, nichts davon zu merken.

Jetzt sagte der Schnurrbärtige, dass er der Anästhesist sei und Schwarzkopf heiße.

›Ein Hochstapler‹, dachte Kleinschmidt. »Ich kenne Sie vom Sehen«, sagte er. »Immer wenn ich bei Aldi einkaufe, laufen Sie dort im weißen Mantel herum.«

Schwarzkopf beunruhigte diese Bemerkung in keiner Weise. »Das ist am Freitag und am Samstag«, sagte er. »Montag bis Donnerstag bin ich hier.«

Ulla geht jetzt fast jeden Freitag zu Aldi, fiel Kleinschmidt ein. Nicht mehr am Samstag mit mir. Früher sagte sie, eine Frau, die auf sich hält, kauft nicht bei Aldi. Ein Geschäft für die Masse, um nicht zu sagen für die Proleten. Jetzt schwärmt sie für Aldi. Wir haben schon riesige Vorräte an Toilettenpapier und Waschmitteln. Auch bringt sie die merkwürdigsten Dinge mit: grüne Gartenschuhe aus Kunststoff, Funkwecker für jedes Zimmer, von denen immer einer zur Unzeit klingelt, Kassettenrekorder für Kinder, obwohl unsere längst aus dem Haus sind, Schirme, Kleiderbügel, Baseball-Mützen und Wollhandschuhe. Man kann den ganzen Wagen vollladen, sagte sie, und immer bleibt man unter fünfzig Euro.

Frauen werden von den merkwürdigsten Leidenschaften gepackt, ganz plötzlich und hemmungslos! Warum nicht auch von der Aldi-Leidenschaft? Man fragte sich ja nur, warum gerade am Freitag, immer am Freitag, wenn der Schnurrbärtige da war!

Jetzt zeigte dieser auf Kleinschmidts rechten Ringfinger. »Sie tragen einen Ehering, Herr Kleinschmidt«, sagte er, so, als ob er dies äußerst befremdlich fände. »Sie müssen den Ring ablegen vor der Operation. Die Finger schwellen an in der Narkose. Dann schnürt der Ring den Finger ab und, ehe man sich's versieht, ist er abgestorben. Den Appendix können Sie entbehren, den Ring auch.« Hier grinste Herr Schwarzkopf anzüglich. »Aber auf den Ringfinger würde ich Acht geben an Ihrer Stelle!«

Kleinschmidt versuchte, den Ring hochzuschieben. Er hatte ihn seit zwanzig Jahren nicht mehr ausgezogen. Fünfzehn Kilo waren ihm seitdem zugewachsen. Je stärker er den Ring nach oben drückte, umso höher wurde der Wulst, der sich vor ihm aufrichtete. Es war aussichtslos, diesen Wulst überwinden zu wollen.

»Wir müssen den Ring aufzwicken«, sagte Schwarzkopf. »Eine gute Gelegenheit, die Fesseln zu sprengen!« Wieder grinste Schwarzkopf anzüglich. »Ich werde den Hausmeister holen. Ring zwicken ist kein Geschäft für Ärzte.«

Der Hausmeister war nicht in Weiß. Er trug einen ausgewaschenen graublauen Arbeitskittel. Seinen Werkzeugkasten hatte er mitgebracht, als wisse er nicht recht, welches Instrument für einen Ehering geeignet ist. Schließlich wählte er eine ganz gewöhnliche Beißzange.

Als er die Angst in Kleinschmidts Augen sah, hatte er Mitleid. »Guter Mann«, sagte er, »ich werd' Sie ganz gewiss nicht zwicken! Und den Ring, den können's wieder richt'n lass'n. Das kostet nicht viel. Der Goldschmied setzt ein Stück ein und dann geht er rauf und runt'r wie g'schmiert.«

Er setzte die Zange an und trennte das Gold mit einem Druck. Kleinschmidt zog den offenen Ring vom Finger. Er schaute hinein. Der Spalt ging mitten durch den Namen Ulla. Ein »l« war auf der einen, das andere auf der anderen Seite.

»Geben Sie her«, sagte Schwarzkopf. Er griff nach dem Ring und steckte ihn in die linke Tasche seines weißen Kittels.

»Was wollen Sie mit dem Ring?«, rief Kleinschmidt empört.

»Ihn aufbewahren«, antwortete Schwarzkopf gelassen. »Ihr Operationshemd hat keine Taschen«, fügte er hinzu und lachte.

Kleinschmidt geriet in Panik. ›Er wird mir alles nehmen‹, dachte er: ›Den Ring, die Kraft, das Bewusstsein, meine Frau!‹ Er versuchte sich aufzurichten. Schwarzkopf drückte ihn wieder auf das Kissen. »Beruhigen Sie sich«, sagte er. »Gleich werden Sie schmerzlos einschlafen.« Eine Schwester kam ihm zu Hilfe. Sie gab ihm die Spritze in die Hand und hielt Kleinschmidts linken Arm mit hartem Griff. Kleinschmidt spürte den Einstich in seine Vene. Langsam kroch die Lähmung in seinen Körper.

Er musste diese Lähmung überwinden. Sonst war er verloren. Die Augen aufbringen, das war das Entscheidende. Die Lider sperrten sich. Er konnte sie nur millimeterweise nach oben schieben. Aber er spürte, dass das Morgenlicht in seine Augen kam. Zunächst nur durch einen kleinen Spalt, dann immer stärker. Erst dachte er, er liege auf dem Operationstisch. Dann wurde ihm klar, dass er zu Hause in seinem Bett lag. Er tastete vorsichtig nach rechts und stieß auf Ullas linken Arm, den sie weit von sich streckte. Die Berührung weckte sie auf.

»Es ging mir nicht gut heute Nacht«, sagte Franz Kleinschmidt. »Ich hatte Schmerzen im rechten Unterbauch, wahrscheinlich der Blinddarm!«

»So schlimm kann es nicht gewesen sein«, gab Ulla zurück. »Du hast geschlafen wie ein Bär.«

Franz Kleinschmidt schwieg bis zum Frühstück. Beim Heben und Senken der Tasse betrachtete er seinen Ringfinger. Noch immer bildete sich ein Wulst vor dem Ehering.

»Der Ring ist mir zu eng geworden. Er schneidet mir ins Fleisch«, sagte er zu Ulla. »Ich werde ihn weiter machen lassen müssen.«

»Wenn du nicht abnehmen willst, ist das sicher vernünftig«, entgegnete sie.

Wieder schwieg er, bis er den letzten Bissen hinuntergeschluckt hatte. Dann versuchte er es noch einmal. Ob sie heute einkaufen gehe, zu Aldi, wollte er wissen. Als sie dies bejahte, meinte er, sie könnten doch auch morgen, am Samstag, zusammen gehen, wie früher.

»Wenn du nichts Besseres zu tun hast«, sagte die Frau, »dann gehen wir morgen zusammen.«

Engelsbotschaft

I

Bürgernah, realistisch, den Problemen unserer Zeit geöffnet«, so hatte sich Oberbürgermeisterin Traudl Holbein im Wahlkampf selbst beschrieben und so wurde sie von ihren Wählern auch gesehen. Nichts Hausbackenes war an ihr. Kurzhaarschnitt, dezentes Make-up, Sportkostüm, darunter straff, schlank, aber keineswegs zerbrechlich – eine moderne Frau! Die Christlich-Konservativen hatten sie aufgestellt. Nach ihrer Glaubenskraft wurde nicht gefragt, allenfalls nach ihrem Glauben an die freie Marktwirtschaft und der stand außer Zweifel.

Wenige Wähler wussten, dass sie evangelisch-lutherisch getauft war wie die Mehrheit in dieser kleinen Stadt. In der Kirche hatte man sie selten gesehen. Auch darin unterschied sie sich nicht von ihren Mitbürgern. Nur Pfarrer Theobald Siebenschein, mit dem Ortsvorsitzenden der christlichen Partei, Herrn Kagerer, befreundet, hatte diesem gegenüber in der Weinstube zum »Schwarzen Hirsch« die Glaubenslässigkeit der OB-Kandidatin bemängelt und sie insbesondere im Zusammenhang mit der Tatsache bedenklich gefunden, dass sie mit einem Lebensgefährten verbunden war, ohne an eine Heirat zu denken, wie man aus gut informierten Kreisen hörte.

Herr Kagerer lachte über solche – wie er meinte – völlig altmodischen Bedenken. Er nannte sie demoskopisch irrelevant.

»Selbst hier in unserer kleinen Stadt kräht da kein Hahn und gackert kein Huhn mehr danach. Schwierigkeiten«, sagte er, »macht allenfalls eine Politikerin mit Ehemann. Er steht im Wege und lässt sich protokollarisch schwer unterbringen. Während die Ehefrau des Politikers im Wahlkampf imagefördernd eingesetzt werden kann, wird der Ehemann der Politikerin leicht zur lächerlichen Figur und hält sich am besten im Verborgenen. Das ist inkonsequent, werden Sie sagen, Herr Pfarrer. Da mischt sich Fortschritt mit Atavismus. So sind eben Ihre Schäflein und unsere Wähler, muss ich Ihnen antworten. Die Holbein wird's schaffen, kirchenfern und mit einem Lebensgefährten, den sie nicht vorführt. So wollen's die Leut'.«

Die Wahl ging gut und zwei Jahre Amtszeit festigten die Popularität von Traudl Holbein. Sie hatte die Stadt im Griff, sagte man. Und immer redete sie so, als kenne sie keine Parteien, sondern nur Bürger dieser ihrer geliebten Stadt.

Dann aber ereignete sich die Geschichte mit dem Gebet am Volkstrauertag, und das strahlende Ansehen der Oberbürgermeisterin bekam einen kleinen, dünnen Riss, einen Haarriss sozusagen.

Am Volkstrauertag gedenkt die Bundesrepublik Deutschland ihrer Gefallenen in beiden Weltkriegen. Schon die Weimarer Republik hatte unter dieser Bezeichnung um die Toten des ersten Weltkriegs getrauert. 1935 benannten die Nationalsozialisten den Trauertag in Heldengedenktag um. Wer durch Feindeshand gestorben war, wurde nachträglich zum Helden. Die Todesanzeigen kündeten vom Heldentod und die Angehörigen bekannten sich zu »stolzer Trauer«. Nicht alle, aber viele. 1952 kehrte die Bundesrepublik zum heldenfreien Volkstrauertag zurück.

Auf dem Zentralfriedhof der kleinen Stadt hatte man 1965 einen schlichten Gedenkstein für die Toten beider Weltkriege errichtet. In ihm waren die Umrisse eines gesichtslosen Kopfes eingemeißelt, der eine Dornenkrone trug.

Hinter dem Gedenkstein stand ein größeres Denkmal, auf dem ein schwarzer Adler saß: stolz und beherrschend. Er hatte die Heldengedenkzeit überdauert und symbolisierte den einzigen Pour le Mérite-Träger der Stadt, einen Jagdflieger des ersten Weltkriegs, der viele Gegner erlegt hatte, ehe man ihn selbst erlegte. Dann kamen die Reihen kleiner Kreuze, gleichtönig, unauffällig und wenig besucht. Jedes Jahr im November legte die Oberbürgermeisterin einen Kranz der Stadt am Gedenkstein mit der Dornenkrone nieder. Sie hielt auch die Gedenkrede vor einer kleinen Trauergemeinde. Einige Stadträte waren da, der Ortsvorstand des Volksbunds Deutscher Kriegsgräberfürsorge, die Vertreter einiger Traditionsvereine früherer Truppeneinheiten – eine Bundeswehrgarnison hatte die Stadt nicht in ihren Mauern -, Angehörige gefallener Soldaten, Neugierige sowie Pfarrer Siebenschein und sein katholischer Kollege Hans Ziegelbauer.

Die Heldengedenktage hatten mehr Zuschauer angezogen. Damals führte ein Zug der Deutschen Wehrmacht den langsamen, dunkel klopfenden Trauer-Parademarsch vor, und die Regimentskapelle spielte »Ich hatt' einen Kameraden«.

Oberbürgermeisterin Holbein sprach von sinnlosen Kriegen und ihren vielen Opfern, von siebenundsechzig Millionen Toten, die der letzte Weltkrieg auf seinen vielen Schauplätzen gekostet habe. »Vor diesem Grauen des Massentodes verstummt jeder Versuch der Rechtfertigung. Wir können die Toten des Krieges nur ehren, indem wir versprechen, uns rückhaltlos für den Frieden einzusetzen!« Dann kam das Überraschende. Sie sagte: »Dieser Einsatz ist schwer und immer von Misserfolgen und Rückschlägen begleitet. Wollen wir in ihm bestehen, brauchen wir Gottes Hilfe. Erlauben Sie mir, in ihrer aller Namen um diese Hilfe zu bitten.«

Sie faltete ihre Hände und senkte den Kopf darüber. »Herr, wir bitten dich«, begann sie ...

Unter den Trauergästen entstand Unruhe. Sollte man einfach zuhören und die Arme hängen lassen? Oder sollte man sich verhalten, wie man es in der Kirche gelernt hatte, wenn der Pfarrer vor der Gemeinde betete. Aber die Oberbürgermeisterin war nicht der Pfarrer.

Einige falteten die Hände und senkten den Kopf. Andere schauten herum, wie sich denn die Nachbarn verhielten. Die Frommen schielten zu Pfarrer Siebenschein und seinem katholischen Kollegen hinüber. Letzterer tat, als gehe ihn die Beterei nichts an. Seine rechte Hand steckte er in die Manteltasche, seine linke hing herunter. Pfarrer Siebenschein wirkte weniger gelassen. Er spielte nervös mit seinen Händen, als wisse er nicht, ob er sie falten oder offen lassen sollte. Dann legte er sie übereinander in der Art wie es Fußballer tun, wenn sie beim gegnerischen Freistoß in der Mauer stehen und einen empfindlichen Körperteil schützen wollen. Viele taten es ihm gleich, als hätten sie alle Angst vor einem Tiefschlag. Als jeder die ihm gemäße Stellung gefunden hatte, beendete Traudl Holbein ihr Gebet mit Amen.

Auf den Inhalt des Gebets hatte kaum jemand geachtet. Er spielte auch in der sich anschließenden Diskussion der Bürger über den Vorfall keine Rolle. Es bildeten sich zwei Parteien. Die einen glaubten, die Holbein meine es ehrlich mit ihrem öffentlichen Gebet. Dann leide sie aber an Realitätsverlust oder wie der Volksmund sagte: »Die ist nicht mehr ganz dicht«.

Die anderen hielten die Holbein für raffiniert, die Beterei für einen neuen Werbetrick, den sie den amerikanischen Politikern abgeschaut habe. Pfarrer Siebenschein und sein katholischer Kollege meinten, eine vertiefende Aussprache über das Ereignis sei angebracht und begaben sich zu diesem Zweck zum Frühschoppen in den »Schwarzen Hirsch«.

Dort zogen sie sich allein in den so genannten Affenkasten zurück, eine Saalecke mit gegenüberliegenden Holzbänken, deren geschlossene Rückenlehnen bis zur Decke reichten. Man konnte in den Kasten nur von der Seite einsteigen wie in einen Eisenbahnwagon der Holzklasse in der Vorkriegszeit. Die beiden Geistlichen waren zwischen den Holzwänden annähernd abhörsicher. Durch den Seiteneinstieg kam nur die Bedienung, eine gewisse Zenzi, wohl von Kreszenz abgeleitet, die das Leibgetränk der Geistlichen, eine Flasche Pfaffenweiler Oberdürrenberg, einen trockenen Spätburgunder, und zwei Gläser auf den Tisch stellte, um sich eilends wieder zurückzuziehen.

»Hans«, sagte Pfarrer Siebenschein zu seinem katholischen Kollegen – die beiden duzten sich schon seit einigen Jahren –, »etwas stimmt nicht mit der Holbein. Plötzlich diese religiöse Aufwallung. Das ist nicht solide gewachsen, das hat keinen vernünftigen Untergrund. Auch mit Gott sollten wir aus der Vernunft reden, meine ich.«

»Da sind wir wieder einmal einer Meinung«, entgegnete Hans Ziegelbauer. »Ich habe mir überlegt, ob irgendein kirchliches Gebot oder Verbot gegen das öffentliche Gebet einer weltlichen Amtsperson spricht. Ich habe nichts dergleichen gefunden und ich denke, Theobald, bei euch ist der Fall erst recht nicht geregelt.«

»Du sagst es«, gab Siebenschein zurück.

»Von kirchlicher Seite können wir also nicht protestieren, wenn die Oberbürgermeisterin öffentlich vorbetet. Es könnte auch dem Bundeskanzler einfallen oder dem Bundespräsidenten. Der soll ja in Übung sein von früher«, Ziegelbauer lächelte süffisant.

»Aber so etwas ist nicht üblich bei uns«, fiel Siebenschein ein. »Man tut es nicht. Und wenn man es tut, ist es peinlich. So haben es die Menschen auch heute empfunden. Es war ihnen peinlich. Sie wussten nicht, wie sie sich verhalten sollten.«

»Das ist gut so«, sagte Ziegelbauer. »Wir sind ja nicht in Arabien oder in den Vereinigten Staaten. Wir beten in der Kirche oder daheim. Und wenn wir im öffentlichen Raum beten, dann unter Aufsicht der Kirche.«

»So sollte es auch bleiben«, stimmte ihm Siebenschein zu.

»Bemächtigen sich die Politiker des Gebets, liegt der Missbrauch zu parteipolitischen Zwecken nahe, oder es bricht etwas Irrationales, etwas Gefühlsgestautes ein in die Politik.«

»Letzteres, lieber Hans, befürchte ich bei Traudl Holbein. Ich habe von Anfang an gewarnt, eine Frau in das Oberbürgermeisteramt zu wählen. Vorurteile haben sie gesagt. Die sind mindestens so schlau wie die Männer, die können reden wie ein Wasserfall, taktieren können sie, organisieren, faszinieren und die Wähler begeistern. Alles richtig! Bestreite ich ja gar nicht. Aber das Gefühl, das sitzt bei ihnen ganz dicht unter der Oberfläche, unter der dünnen grauen Oberfläche der Vernunft. Und plötzlich, wenn du gar nicht damit rechnest, bricht es durch und überschwemmt alles. So, meine ich, war es mit Traudl Holbeins Friedensappell und dem anschließenden Gebet.«

»Du magst Recht haben«, sagte Hans Ziegelbauer. »Du solltest das mit Herrn Kagerer besprechen, damit er ein Auge auf Frau Holbein hat und sie stärker in die Parteidisziplin nimmt.«

Dann rief er nach Zenzi, um die Flasche Pfaffenweiler ganz auf seine Rechnung zu nehmen, denn Theobald Siebenschein hatte drei Kinder und musste sparen.

II

Jeden Morgen klingelte ihr Wecker um sechs Uhr. Traudl Holbein sprang aus dem Bett, ohne auch nur einen Augenblick zu zögern. Sie betrachtete das als Willenstraining, so wie sie sich den kalten Wasserstrahl in der Dusche zumutete, nachdem sie warm vorgeduscht hatte.

Heute aber, einen Tag nach der Volkstrauer, stellte sie den Wecker ab und rührte sich nicht. Einen Moment noch in die Dämmerung träumen, dachte sie.

Das kleine, braun gerahmte Bild, das über ihrem Nachttisch hing, konnte sie nicht sehen. Aber wenn sie die Augen schloss, stand es deutlich vor ihr, obwohl sie es in letzter Zeit kaum je beachtet hatte. Nur wenn ihr Freund bei ihr über Nacht blieb, wurde sie daran erinnert. Der verspottete sie deswegen, nannte das Bildchen puren Kitsch, einer aufgeklärten Persönlichkeit ihres Ranges nicht würdig, und empfahl ihr, es in den Karton mit Kinderspielzeug zu verbannen, der auf dem Dachboden stand.

»Eine ganz kleine, kitschige Sentimentalität«, sagte sie dann, »kann sich auch eine Oberbürgermeisterin leisten. Und wer wird nicht sentimental, wenn er an die Gefühlswelt seiner Kindheit denkt? Das Bild mit dem einschlafenden Kind, über das der Schutzengel seine beiden Flügel breitet, es war immer in meinem Blickfeld, wenn ich als Kind einschlafen sollte. Es half mir die Angst zu zähmen, die jedes Kind vor der Nacht hat. Ich war mir ja nicht sicher, ob ich aus dem Dunkel jemals wieder zurückkehren würde. Wäre es nicht arg undankbar, den Schutzengel nunmehr auf den Dachboden zu verbannen?«

Heute hatte sie das Bild bei geschlossenen Augen vor sich und es fiel ihr das Gebet ein, das ihre Mutter immer mit ihr vor dem Einschlafen gesprochen hatte:

> Breit aus die Flügel beide,
> oh Jesu meine Freude,
> und nimm dein Küchlein ein.

Will Satan mich verschlingen,
so lass die Englein singen:
dies Kind soll unverletzt sein.

Damals hatte sie kaum etwas gedacht bei diesen Versen. Rhythmus und Reim gaben ihr ein wohliges Gefühl der Geborgenheit. Es störte sie nicht, dass Jesus Flügel hatte, obwohl das sonst den Engeln vorbehalten blieb. Und dass Jesus Küchlein zu sich nahm, die sie auch gern mochte, besonders Apfelküchlein, erhöhte ihr Wohlgefühl. Sie war schon in der Grundschule, als sie ihre Mutter einmal fragte, warum Jesus Küchlein isst. Die brauchte einige Zeit, bis sie die Frage begriff. Dann lachte sie und erklärte, dass es sich um ein Kücken handle, also um ein hilfloses kleines Tier, das Jesus zu sich unter seinen Schutz nimmt.

Eigentlich verlor das Gebet damit etwas von seiner wohligen Vertrautheit. Das mit dem Satan, der sie verschlingen will, blieb ohnehin aus ihrer Wahrnehmung ausgespart. Ihr Feind war nicht Satan, den sie sich nicht vorstellen konnte, sondern das Dunkle, Undurchdringliche der Nacht. Jetzt versuchte sie die Verse ihrem Verstand anzupassen: Breit aus die Flügel beide, du Engel meiner Freude und hüll' dies Kindlein ein. Will Dunkles mich verschlingen, dann lass die Englein singen: dies Kind soll unverletzt sein. Aber sie war nicht zufrieden mit der Korrektur. Etwas Geheimnisvolles schien ihr verloren.

Als sie eine halbe Stunde verspätet in ihr Büro kam, sah sie ihre Sekretärin, Frau Ruland, prüfend an.

»Ist Ihnen nicht gut?«, fragte sie. »Sie sehen blass aus.«

»Es fehlt mir nichts«, gab Frau Holbein zurück. Aber Frau Ruland bemerkte an ihr diesen verschwommenen, ziellosen Blick, der sie schon gestern vor dem Gefallenendenkmal beunruhigt hatte. Sie war daher auch nicht überrascht, als Frau Holbein wiederum Merkwürdiges äußerte.

»Verzeihen Sie, Frau Ruland, wenn ich Sie etwas frage, was Sie vielleicht als indiskret empfinden. Aber wir kennen uns schon so lange, arbeiten täglich zusammen, da kann man manches austauschen, was man sonst für sich behält. Sagen Sie, Frau Ruland, beten Sie eigentlich, manchmal bei besonderen Anlässen oder gar regelmäßig?«

Frau Ruland konnte nicht vermeiden, dass sie die Frage peinlich berührte und sie rot anlief, als sollte sie Unsittliches aufdecken.

Sie versuchte die Frage auf den gestrigen Vorfall zu beziehen und ihr so einen dienstlichen Anstrich zu geben.

»Wenn Sie wissen wollen, Frau Holbein«, sagte sie, »ob ich gestern mitgebetet habe, als Sie das Gebet vor dem Gefallenendenkmal sprachen, so muss ich dies ehrlicher Weise verneinen.«

»Aber warum nicht? War es Ihnen peinlich?«

»Peinlich ist nicht das richtige Wort, Frau Holbein. Es gibt eben Konventionen, was man tut und was man nicht tut. Und wenn man sich daran hält, ist man sicher, dass man nicht aneckt und niemand verletzt. Öffentlich betet man bei kirchlichen, aber nicht bei weltlichen oder gar politischen Veranstaltungen. So ist das bei uns der Brauch und daran halte ich mich.«

»Und an was halten Sie sich zu Hause?«, bohrte Frau Holbein nach. »Gibt es da auch eine Konvention für Sie?«

»Nehmen Sie es mir nicht übel, Frau Holbein, dass ich darauf nicht antworten möchte!« Frau Ruland staunte selbst über ihren Mut, sich so zu verweigern. Es war ihr Gespür dafür, dass die Macht ihrer Vorgesetzten seit dem Volkstrauertag zu schwinden begann, das sie kühn werden ließ.

Frau Holbein wechselte denn auch sofort das Thema und zeigte sachliche Nüchternheit, als Frau Ruland sie auf den bevorstehenden Besuch des Kämmerers hinwies, der die morgigen Haushaltsberatungen vorbereiten wollte.

Die verliefen, es war Freitag Vormittag, ganz in den Bahnen gefestigter Konventionen. Vor der Sitzung bemerkte ein Stadtrat der SPD zu seinem Nachbarn von den Christlichen: »Jetzt wird sie uns sicher beten lassen, der liebe Gott möge Euros über uns ausschütten, damit uns unsere Schulden nicht erdrücken.«

Aber Frau Holbein tat nichts dergleichen, blickte nur eine gute Minute stumm auf ihren Schoß, als könnte hieraus das Heil erwachsen, um dann mit nüchterner Stimme Adenauer zu zitieren: »Die Lage war noch nie so ernst.«

Am Freitag Abend kam ihr Freund, der Architekt Roland Winkelmaß, um das Wochenende bei ihr zu verbringen. Sie hatte auf dem Heimweg vom Rathaus im besten Feinkostgeschäft der Stadt frische Salate von Waldorf-Astoria bis zu Krabben eingekauft und eine gute Flasche Bordeaux aus dem Keller geholt. Die Kerzen brannten auf dem mit Geschmack und Sorgfalt gedeckten Tisch. Aus der Stereoanlage strömten leise und getragene Streicherklänge von Albinoni. Roland Winkelmaß fühlte sich wohl und war sicher, einer störungsfrei innigen Liebesnacht entgegenzutafeln.

Dann kam Traudl Holbein mit ihrem Schutzengel. »Roland«, sagte sie, »du kennst doch das kleine Engelbildchen über meinem Bett.«

»Und ob, hast du es noch immer nicht auf den Dachboden entsorgt?«

»Warum sollte ich? Es ist auch völlig gleichgültig, ob das Bild auf dem Dachboden liegt oder über meinem Bett hängt. Ich trage es in mir. Jeden Morgen, wenn ich aufwache, sehe ich es neuerdings vor mir. Am Montag zum ersten Mal, stumm und eindringlich. Und am Dienstag früh richtete sich der Schutzengel auf, der sich ja sonst über das Bett des Kindes beugt. Er richtete sich auf und sprach zu mir. Mit einer hellen, glockenklaren Stimme sprach er zu mir. Und er warnte mich vor dem Stadtrat Paul Unold, einem Mitglied meiner eigenen Fraktion. Der bereite Schlimmes gegen mich vor. Mehr sagte er nicht. Aber ich wusste sofort Bescheid. Es ging um einen Abänderungsantrag zum Haushalt. Ich will dich da nicht mit Details behelligen. Jedenfalls hätte der Antrag unsere Ausgaben und damit unsere Schulden in unverantwortlicher Weise erhöht. Unold hatte mir fest versprochen den Antrag zurückzuziehen. Die Warnung des Engels konnte nur bedeuten, er hatte es nicht getan, sondern heimlich hinter meinem Rücken um Unterstützung in der Fraktion geworben. Die Opposition würde ohnehin dafür stimmen. Ich sprang aus dem Bett und schnurstracks ans Telefon, und ich redete mit Engelszungen! Nein, anders kann ich das nicht beschreiben. Ich hatte plötzlich eine Überzeugungskraft zur Verfügung, der niemand widerstehen konnte, weder Paul Unold noch einer seiner

Kollegen, den er für seinen Antrag gewonnen hatte. Der Antrag war einfach weggeblasen. Und das alles verdanke ich meinem Schutzengel, den du auf den Dachboden verbannen wolltest.«

Roland Winkelmaß lachte. »Ich gönne dir deinen Schutzengel. Im Allgemeinen brauchen ihn nur Kinder. Den Erwachsenen genügt ihr Verstand und eigentlich hast du davon mehr als genug. Aber wenn du dich mit überirdischer Rückkoppelung sicherer fühlst, dann stell dir Flügel über deinem Bett vor, aber möglichst nicht, wenn ich es mit dir teile.«

»Du kannst nur spotten, Roland.« Traudl Holbeins Stimme klang gereizt, nicht mehr frei und glockenrein. »Das ist billig und erklärt das Phänomen nicht. Ich habe mir nichts vorgestellt, sondern der Engel stand leibhaftig vor mir und redete zu mir so wie du eben, nur nicht mit Spott, sondern mit Liebe.«

»Schön, du hattest also eine Engelserscheinung wie andere eine Marienerscheinung. Wenn du katholisch wärst, hättest du Chancen dereinst heilig gesprochen zu werden. Jedenfalls dann, wenn der Engel das nächste Mal nicht nur die Intrigen des Abgeordneten Unold verkündet, sondern Botschaften, die dein Seelenheil oder das anderer betreffen. Traudl, ich kenne dich als einen vernünftigen, willensstarken Menschen, der es ohne Engelsunterstützung an die Spitze einer Stadt gebracht hat. Vielleicht bist du überarbeitet, und überreizte Nerven spielen dir einen Schabernack. Dann solltest du bald Urlaub machen. Aber lass diesen albernen Engel aus dem Spiel. Du bist aufgewacht, warst noch halb im Traum und es kam dir blitzartig der Gedanke, dieser Unold könnte doch falsch spielen. Und da die Bilder deines Traums vom Engelbild, das über deinem Bett hängt, noch gegenwärtig waren, verbandst du deine Gedanken mit dem Bild. Das ist alles.«

»Du kannst mir nicht wegreden, Roland, was ich gehört und gesehen habe. Warum sollen uns nicht Botschaften aus einer Welt erreichen, die übersinnlich ist, die der Verstand der Verständigen nicht sieht?«

Jetzt verlor Roland Winkelmaß die Geduld und damit die Chance mit Traudl Holbein vereint unter den Fittichen ihres Schutzengels zu nächtigen. »Rede doch keinen solchen Stuss, Traudl!«, rief er in stark erhöhter Lautstärke. »Warum soll sich diese übersinnliche Welt, an die du glaubst, ausgerechnet mit dem Stadtrat Unold und dessen Haushaltsantrag befassen. Das kannst du doch keinem einigermaßen normalen Menschen verkaufen. Und wenn du es versuchst, wird er sagen, die Oberbürgermeisterin hat nicht mehr alle Tassen im Schrank und das zu Recht!«

Diesen letzten Zusatz hätte er zumindest unterdrücken sollen. Er war eindeutig beleidigend und bewirkte, dass sich die Oberbürgermeisterin schluchzend in ihr Schlafzimmer zurückzog und die Türe hinter sich verriegelte. Herr Winkelmaß musste das Geschirr alleine in die Spülmaschine räumen und den Schlaf auf einer schmalen Couch im Wohnzimmer suchen, nur von einer dünnen Wolldecke geschützt, die ihn frieren ließ.

III

Traudl Holbein hatte bisher auf ihren Verstand und ihre Willenskraft gebaut. Sie führten sie durch juristische Prädikatsexamen in eine angesehene Großkanzlei und über die Jugendorganisation der regierenden Partei und deren Vorstand in den Stadtrat. Selbstsicherheit, die sich auf solides Fachwissen und ein wohlgefälliges Aussehen stützten, machten sie zum zugkräftigen Sympathieträger in Partei und Beruf. Kaum hatte sie das vierzigste Lebensjahr hinter sich war die Sympathiewelle stark genug, um sie auf den Sessel des Oberbürgermeisters zu tragen, als erstes weibliches Oberhaupt in der Geschichte dieser kleinen Stadt.

Privates Glück allerdings ließ auf sich warten. Bisher hatte sie weder Ehe- noch Mutterglück erfahren. Dreimal gesellten sich Lebensgefährten zu ihr. Da aber Männer Frauen suchen, die eine Schwäche für sie haben, sie aber stets nur Stärke zeigte, wollte keiner sich auf Dauer bei ihr einrichten.

Ihre derzeitige Verbindung mit dem Architekten Winkelmaß kennzeichnete sie selbst als Zweckbündnis. Sie wohnten nicht zusammen, sondern trafen sich nach Bedarf. Man plauderte über Äußerlichkeiten des Lebens und teilte von Zeit zu Zeit Tisch und Bett.

»Wir belästigen uns nicht mit Seelenmüll«, pflegte Herr Winkelmaß zu sagen.

Frau Holbein hielt sich daran bis zu ihrer Erzählung über den Engelstraum. Die belastete nun ihr Verhältnis erheblich.

Willenskraft hatte Frau Holbein erstaunlich weit getragen. Aber alles, was nicht ihrem Willen unterlag, zeigte sich störanfällig. Von der Verdauung wollen wir nicht reden, wohl aber vom Schlaf, denn der mied sie immer häufiger, so dass ihre Energiequellen zu versiegen drohten. Sie versuchte es mit Hausmitteln, schluckte Baldrian, nahm Fuß- und Armbäder, zählte Schäflein auf ruhig grünenden Wiesen, las langweilige Bücher und rannte spät abends noch einmal um den Häuserblock. Es half nicht.

Dann ging sie zu Ärzten. Die vermaßen sie mit allen Apparaten und fanden keine anormalen Werte, verschrieben Beruhigungsmittel oder rieten ihr zu autogenem Training. Das half ihr zwar, ihre Extremitäten mit Blei zu füllen, aber ihr Kopf arbeitete weiter, als würde er von einem Perpetuum mobile angetrieben.

Freundinnen empfahlen ihr allerhand Außenseiter: Homöopathen, Verfechter der Akupunktur nach chinesischem Vorbild und schließlich einen Arzt, der der Anthroposophie anhing und den Körper über den Geist heilen wollte. Er schloss sie nicht an Apparate an, nein, er versuchte ihre Seele an eine höhere Wirklichkeit anzukoppeln. »So wie die Natur von unten an den Menschen herantritt, verehrte Frau Holbein«, sagte er in seiner gestelzten Sprache, in der er Rudolf Steiner nachahmte, »so ragt in die Seelen- und Geisteswelt des Menschen von oben der Bereich herein, der über dem Menschen steht. Und wie man durch die Sinne erfahren kann, was sinnlich sichtbar ist, so kann man durch seelische Aufmerksamkeit wahrnehmen, was über uns steht und waltet, eine höhere Wirklichkeit. Sie müssen sich nur öffnen nach oben, Frau Holbein, Ihre Antennen auf Empfang stellen und nicht immer nur senden, senden, senden! Sie werden sehen, himmlische Ruhe wird in Sie einkehren, wenn Sie sie nur einlassen.«

Um ihre seelische Aufmerksamkeit zu schärfen, gab er ihr allerlei Erbauungsliteratur mit. Auch empfahl er ihr das Gebet vor dem Einschlafen wie in alten Kindertagen.

»Nicht fordernd, sondern demütig«, meinte er, »damit Ihr Kopf frei wird, um zu empfangen.«

An jenem Abend ging Traudl Holbein den Vorrat an Gebeten durch, der ihr seit ihrer Konfirmation verblieben war. ›Komm Herr Jesus, sei unser Gast.‹ Das war nur für Mahlzeiten tauglich. ›Breit aus die Flügel beide.‹ Zu kindlich! Sie war kein Küken mehr. Es blieb nur das Vaterunser, das sie, zu ihrem Erstaunen ohne Stocken aufsagen konnte. Die Bitte um Brot sprach sie nicht an. Sie hatte zu viel davon. Auch Schuldgefühle plagten sie nicht und der Ruf nach Erlösung war ihr fremd. Aber der Anfang rührte sie an. ›Dein Wille geschehe, wie im Himmel also auch auf Erden!‹ – ›Warum soll ein fremder Wille geschehen und nicht mein eigener?‹ dachte sie. Überhaupt, wer ist dieser Gott, dem ich mich ergeben soll? Etwas Personales, eine Kraft, ein Wille? Etwas wird die Welt wohl umtreiben. Es kann ja nicht alles Chaos sein und Zufall.

Tausende von Faktoren wirkten in ihrer Umgebung, kreuzten ihr Leben. Wie sollte sie die alle im Griff haben, ihrem Willen unterwerfen? An einer solchen Aufgabe musste man verzweifeln oder sie gar nicht stellen. ›Dein Wille geschehe.‹ Wer immer dieses Du sein mag, sich ergeben in sein Schicksal: Welche Erleichterung!

Ob sie es sich damit nicht zu leicht macht? Einfach so im Strom treiben lassen?

»Du musst nicht schon wieder zweifeln«, redete sich Frau Holbein gut zu. Sie überließ sich dem Strom, der sie so wohlig umschloss und schlief ein.

Das Vaterunser ließ sie nun fast jeden Abend beruhigt einschlafen und am Tag der Stadtratssitzung war erstmals ihr Schutzengel aus dem Bild gestiegen und hatte sie vor dem Anschlag des Stadtrats Unold gerettet. Eigentlich hätte sie Dr. Edelmut, so hieß der anthroposophische Arzt, gar nicht mehr aufsuchen müssen. Sie fühlte sich ja geheilt. Aber sie hatte das Bedürfnis ihm zu danken und – vor allem – sie wollte ihm das Erscheinen des Engels schildern und war gespannt, was er dazu sagen würde.

Dr. Edelmut war begeistert. Er habe geahnt, sagte er, dass ihre Schlaflosigkeit nur der Vorbote war für die Erweiterung ihres Bewusstseins, für ihren Durchbruch hinauf in eine lichte, geistige Welt, in der die Boten Gottes, die Engel, ihre Flügel breiten. »Nein, Frau Holbein, Sie brauchen sich dieser überirdischen Erscheinung nicht zu schämen. Im Gegenteil, Sie können stolz darauf sein. In allen früheren Kulturen war das Bewusstsein einer über den Menschen wirkenden Engelwelt lebendig. Sie gehört auch zu den Bildern christlicher Verkündigung. Nur unser armseliges materialistisches Zeitalter hat die Engelwelt in die Rumpelkammer überholter Vorstellungen verbannt. Aber nicht für alle Zeiten, Frau Holbein, da können Sie sicher sein! Überall sehen wir schon die Leuchtfeuer einer neuen Spiritualität. Der

Himmel wird durchlässig! Die Wolken verziehen sich! Sie sind nicht die Einzige, Frau Holbein! Ich habe eine ganze Reihe von Patientinnen, die im regen Austausch stehen mit der Engelwelt. Manchmal trage ich mich schon mit dem Gedanken, eine Erfahrungsgruppe zu bilden mit diesen Damen. Aber man muss ihnen erst die Scheu nehmen, sich auszutauschen, sich zu ihren Engeln zu bekennen. Wenn Sie als Oberbürgermeisterin dies tun, Frau Holbein, das wäre der Durchbruch!«

Dr. Edelmut war keine Schönheit. Im Gegenteil. Obgleich erst Anfang vierzig beschränkte sich sein Haarschmuck auf einen blassblonden Kranz zwischen dem die Kopfhaut rosig glänzte. Die Nase bog sich knollig und war mit blauroten Äderchen überzogen, während die Backen blass blieben, auch wenn er in Aufregung geriet. Dennoch konnte Dr. Edelmut faszinieren. Er hatte dunkelbraune, samtene Augen, aus denen ein tiefgründiges Leuchten brach, sobald er von überirdischen Welten sprach. Die ihn bewunderten, sagten, er sei erleuchtet. Auch Frau Holbein konnte sich dem Leuchten nicht ganz entziehen. Sie zwang sich aber zur Nüchternheit. Als Aushängeschild für Edelmuts Erfahrungsgruppe wollte sie sich nicht missbrauchen lassen. So reagierte sie ausweichend.

»Meine Erfahrung mit Engeln ist noch viel zu gering«, sagte sie. »Vielleicht war die Begegnung vor der Stadtratssitzung einmalig. Vielleicht wird mein Schutzengel aus Kindertagen nie wieder kommen. Auch weiß ich nichts von dieser Engelwelt, von der sie reden, kann sie nicht einordnen, sie in kein System bringen. Das aber ist für mich als Juristin die Voraussetzung, um mit einem Phänomen umgehen zu können.«

Dr. Edelmut ließ sich nicht so leicht entmutigen. Seine samtenen Augen glimmten geduldig.

»Ich kann jetzt nicht die hierarchische Ordnung der Engelwelt in allen Details vor Ihnen ausbreiten. Dazu reicht die Zeit nicht. Aber seien Sie versichert: Es gibt sie. Wenn Sie noch ein wenig Geduld haben, kann ich sie Ihnen wenigstens skizzenhaft aufzeichnen. Ich folge dabei den Erkenntnissen des bedeutenden byzantinisch-christlichen Schriftstellers Dyonysius Areopagita aus der Zeit um fünfhundert nach Christus, der dem griechischen

Areopag angehört hatte und von Paulus zum Christentum bekehrt wurde. Dyonysius nennt drei Hierarchien, die sich wieder jeweils in drei Engelreiche gliedern.

Die dritte Hierarchie, um bei der untersten anzufangen, besteht aus Engeln, Erzengeln und Urkräften. Sie steht unmittelbar über dem Menschen und wirkt vor allem auf sein inneres, seelisches Leben ein.

Die zweite Hierarchie, das sind die Offenbarer, Weltenkräfte und Weltenlenker. Sie verleihen dem ganzen Kosmos eine sinnerfüllte Gestaltung. Aus ihrer Werkstatt stammen die Strukturen der äußeren Welt.

Zur ersten, höchsten Hierarchie gehören die Throne, Cherubine und Seraphine, die unmittelbar um Gott stehen. Sie haben – mit Gottes Ermächtigung – nicht nur die äußere Ordnung und Struktur der Welt geschaffen, sondern das Sein selbst, die Substanz der Welt. Aus ihrer Lichtstofflichkeit haben sie die Erdenstofflichkeit geboren. Sie sind der Kraftursprung alles Materiellen.«

Von Hierarchie zu Hierarchie wurde der Ton Dr. Edelmuts feierlicher und pathetischer. Auch war das Glimmen seiner Augen in ein Leuchten übergegangen.

Es fiel Frau Holbein schwer, sich nicht willenlos dieser Leuchtkraft zu ergeben. Noch leistete sie Widerstand. Die erste größere Pause in Edelmuts Vortrag nutzte sie zu trotzigem Einwand.

»Das ist ja schön und gut, Herr Edelmut, das mit den Engelshierarchien und ihrer Bedeutung. Auch klingt es recht erhaben. Aber sagen Sie, hat denn dieser Dyonysius Areopagita dafür irgendwelche Beweise erbracht, Quellen benannt, Ergebnisse von Experimenten veröffentlicht? Oder woher hat er denn all diese Engelsweisheit?«

Dr. Edelmut lächelte milde wie ein gütiger Vater, der Geduld hat mit seinem unwissenden Kind.

»Sie sind gewohnt, kausal zu denken, Frau Holbein«, sagte er. »Das müssen Sie ja auch in Ihrer Jurisprudenz. Wenn Sie mir einen Stein an den Kopf werfen, ist dieser Wurf ursächlich für meine Kopfverletzung und wenn Sie den Wurf wiederholen, wird es auch nicht ohne Schaden ausgehen. So können Sie das äußerliche Geschehen brauchbar erklären. Aber damit kratzen Sie doch nur an der Oberfläche der Welt. Was die im Innersten zusammenhält, da kommen Sie auch mit den längsten Kausalketten nicht hin. Die geistige Welt, die hinter den Dingen wirkt, die können Sie nicht beweisen, die können Sie nur erfahren. Die wird sich Ihnen nur offenbaren, wenn Sie sich öffnen, wenn Sie empfangsbereit sind, so wie sich Ihnen Ihr Schutzengel aus dem Bild Ihrer Kindheit offenbart hat, nachdem Sie sich geöffnet hatten für die spirituelle Welt. Sehen Sie, genau so wird auch Dyonysius die Engelwelt erfahren haben. Erlebte Wahrheit kann man nicht anders beweisen als durch das eigene Zeugnis.«

Dr. Edelmut gab Frau Holbein keine Chance zu erneutem Einwand. Ohne Pause fuhr er in seinem Vortrag fort:

»Sie werden Ihren Schutzengel schon selbst unter Dyonysius' Hierarchien subsumiert haben. Er gehört zur untersten, dritten Hierarchie, die dem Menschen am nächsten steht. Ein ganz einfacher Engel, also, ist Ihnen erschienen, aber er ist doch enorm wichtig für Sie und Ihr Leben. Er ist Ihr Wegbegleiter. Sie haben ihn bisher nur nicht wahrgenommen. Aber jetzt haben Sie die Tür aufgemacht zu einer höheren geistigen Welt. Sie dürfen sie nicht wieder zufallen lassen. Sie müssen in Tuchfühlung bleiben zu Ihrem Engel. Er kennt Ihr Schicksal, Ihre Bestimmung. Er führt Sie auf Ihren Schicksalsweg zurück, wenn Sie abirren. Er kennt Ihre Vergangenheit und Ihre Zukunft und kann sie zusammenschauen in einem Augenblick. Er schwebt nicht hoch über Ihnen, sondern lässt sich ein auf Sie, wenn Sie sich einlassen auf ihn. Er verknüpft sein Schicksal mit Ihrem und bleibt in selbstloser Liebe mit Ihnen verbunden, ob Sie ihn wahrnehmen oder nicht. Nutzen Sie Ihre Chance, Frau Holbein. Halten Sie die Türe offen zur Engelwelt. Und, wenn ich eine Bitte äußern darf, lassen Sie mich teilhaben an Ihren spirituellen Erfahrungen, damit ich sie den vielen Suchenden weitergeben kann, die zu mir kommen.«

Frau Holbein hatte Edelmuts Engelpredigt mit gespaltenen Gefühlen verfolgt. Einerseits mahnte sie ihr juristisch geschulter Verstand, dies alles als absurdes Hirngespinst abzutun, die Türe zu zumachen zu dem, was da im Ungreifbaren waberte. Andererseits war sie in einen wärmenden Strom eingetaucht mit dem

Gebet vor dem Einschlafen, dem Engel, der aus dem Kinderbild trat und dem tiefgründigen Leuchten in den samtenen Augen des Dr. Edelmut. Es fröstelte sie, wenn sie daran dachte, diesen Strom wieder verlassen zu müssen.

»Wir werden in Verbindung bleiben«, sagte sie und drückte Dr. Edelmut die Hand. »Herzlichen Dank auch für Ihre Hilfe. Jedenfalls kann ich jetzt wieder schlafen.« Sie sagte das leichthin, als wollte sie jeden Tiefsinn abschneiden. Aber als sie Dr. Edelmuts Hand losließ, meinte sie zu spüren, dass etwas von seiner Überzeugungskraft in sie übergegangen war, und sie ärgerte sich ein wenig darüber.

IV

Willibald Kagerer hatte mit Traudl Holbein nie über ihr Gebet am Volkstrauertag gesprochen, obwohl ihm Pfarrer Siebenschein dazu geraten hatte. Die Sache war ihm peinlich und er zählte nicht zu denen, die Peinlichkeiten ohne zögern ausräumen. Vielleicht, so hoffte er, blieb die Kuriosität einmalig im Leben der Oberbürgermeisterin. Bald würde der Einbruch ins Irrationale vergessen sein und »unsere Traudl« wäre wieder die robuste Wahllokomotive, die die absolute Mehrheit sichert. Die Fraktion war heute zusammengekommen, um mit der Oberbürgermeisterin in einer schwierigen Sache zu beraten. Es ging um die neue Trasse einer Staatsstraße am Rande der Stadt. Ein Wohnviertel wurde tangiert, in dem die Häuser einiger finanzkräftiger Bürger standen. Diese befürchteten Lärmbelästigung und protestierten heftig. Alternativen wiederum durchschnitten ein bewaldetes Naherholungsgebiet. Das bewegte die Volksseele und die *Bildzeitung*. Wie man auch entschied, entweder hatte man wenige Personen mit viel Geld oder viele Personen mit wenig Geld gegen sich. Die Meinung in der Fraktion war gespalten.

Dennoch blieb Willibald Kagerer optimistisch. Die Sonne schien durch die hohen Fenster des kleinen Sitzungssaals und nahm den dunklen, schweren altdeutschen Möbeln etwas von ihrer Düsternis. Wo sie hinleuchtete, gab das Holz einen warmen dunkelbraunen Schimmer zurück. Das genügte, um Kagerers bescheidenes Gemüt heiter zu stimmen. Traudl Holbein betrat als Letzte den Saal. Willibald Kagerer betrachtete sie genau und ihr Gesichtsausdruck gefiel ihm nicht. Er war keineswegs das, was man einen Bildungsbürger nennt. Am liebsten rühmte er sich, über einen gesunden, unverbildeten Menschenverstand zu verfügen. Aus einem in seiner Kindheit weit verbreiteten Lottospiel mit geflügelten Worten waren in seinem Gedächtnis jedoch einige Zitate hängen geblieben, die er bei passender Gelegenheit gerne von sich gab, um Bildung zu zeigen. Eines seiner Lieblingszitate hieß: »Nur die Lumpen sind bescheiden. Große Männer rühmen sich der Tat!«

Heute, beim Anblick der Oberbürgermeisterin kamen ihm zwei Zeilen aus dem großen Hamlet-Monolog Shakespeares in den Sinn: »Der angeborenen Farbe der Entschließung wird des Gedankens Blässe angekränkelt.« Ein komplizierter Satz, bei dem es ihm, so erinnerte er sich, als Kind immer schwer gefallen war, die zweite Hälfte richtig zur ersten zu fügen. Aber jetzt saß das fest in seinem Gedächtnis und es passte, denn die entschlossene Pausbäckigkeit im Gesicht der Frau Holbein war gewichen und hatte einem Feinsinn Platz gemacht, der Backen und Nase erblassen ließ und ihr Augen verschleierte.

Willibald Kagerer schwante nichts Gutes und seine Ahnungen bewahrheiteten sich bald.

Traudl Holbein hatte sich kaum gesetzt, als sie mit gedämpfter, aber doch gut vernehmbarer Stimme das Wort ergriff.

»Liebe Parteifreunde«, sagte sie. »Wir haben heute eine schwierige Entscheidung zu treffen. Es gilt, gegenläufige Interessen und Meinungen zum Ausgleich zu bringen. Bevor wir in die Diskussion eintreten, sollten wir uns im Gebet sammeln und um Erleuchtung bitten.«

Und schon faltete sie die Hände und sprach schlicht und ohne pastorales Pathos: »Gütiger Gott, wir ringen um den richtigen Weg. Aber unser Auge ist schwach, getrübt von Interessen und Wünschen. Lass uns den rechten Weg erkennen. Gib uns die Kraft, uns von allem zu lösen, was nicht dem Allgemeinwohl dient. Auch wer anderer Meinung ist, ist unser Freund, nicht unser Gegner. Führe uns in diesem, deinem Geiste zu gemeinsamem Ratschluss. Amen.«

Einige Stadträte falteten mit Frau Holbein die Hände und senkten die Köpfe. Andere räusperten sich laut und gaben damit ihr Missbehagen kund. Der Rest tat, als ginge ihn das Gebet nichts an, studierte Sitzungsunterlagen, spielte mit Kugelschreiber oder Bleistift oder schloss gelangweilt die Augen. Niemand aber meldete sich zu Wort, um das Gebet der Oberbürgermeisterin zu kommentieren. Man trat in die Debatte ein. Zunächst fiel kein hartes Wort. Jeder nahm sich zurück in Lautstärke und Wortwahl. Die Stadträtinnen und -räte spielten gleichsam con sordino, wenn man sie mit einem Streichorchester vergleichen will. Die

Dämpfung hielt jedoch nicht lange an. Die Partei der Reichen auf der einen, die der Volksseele und der *Bildzeitung* auf der anderen Seite beharrten auf ihren Standpunkten. Es gab keine Überläufer. Da niemand Andersdenkende überzeugen konnte, wuchs die Lautstärke der Redner, Sanftmut wechselte in Angriffslust. Die Dämpfer waren abgenommen.

Da ergriff Traudl Holbein das Wort zu einer merkwürdigen Aussage.

»Liebe Parteifreunde«, sagte sie. »Jeder von uns hat seinen Schutzengel, der ihm den rechten Weg zeigt, wenn er auf ihn hört. Die meisten von uns aber haben die Verbindung zu ihm verloren. Ihr Empfänger ist abgeschaltet für das, was aus einer höheren, spirituellen Welt zu uns kommt. Mir ist es lange Zeit genauso gegangen, aber inzwischen ist das Bild des Engels meiner Kindheit wieder in mir wach geworden. Ich höre auf ihn. Manchmal erscheint er und hilft mir, den rechten Weg zu finden. Heute Früh, als ich aufwachte, war er wieder bei mir. Ich sah ihn wie in einem Film. Er stand in unserem Naherholungsgebiet zwischen Bäumen und um ihn tanzte eine große Schar fröhlicher Kinder. Plötzlich dröhnte der Motor eines Traktors, der mit riesigen Rädern auf die Baumgruppe mit den Kindern zurollte. Die Kinder erschraken und schrien auf. Der Engel aber stellte sich vor sie und breitete seine Flügel aus. Darauf verstummte der Traktor, sein Bild verschwamm und löste sich schließlich auf in nichts. Ich denke, diese Botschaft ist eindeutig. Wir sollten ihr folgen. Ich jedenfalls werde es tun und mich entschieden gegen jede Trasse aussprechen, die das Naherholungsgebiet tangiert. Ich meine, wir könnten jetzt bald zur Abstimmung kommen.«

Nach dieser Engelserzählung der Oberbürgermeisterin herrschte betretenes Schweigen, allenfalls unterbrochen vom Hüsteln und Räuspern derer, die gerne laut gelästert hätten, es sich aber nicht trauten.

Nach genau vier Minuten Stille meldete sich Willibald Kagerer zu Wort: »Frau Oberbürgermeisterin, liebe Kolleginnen und Kollegen«, sagte er. »Wir haben ein hübsches Märchen gehört, das der Phantasie unserer Traudl Holbein alle Ehre macht. Schade, liebe Traudl, dass du keine Kinder hast, die du mit solchen Märchen erfreuen könntest.«

Die Ratsherren und -damen lachten ungebührlich lange und laut, um sich zu befreien. Als der Lärm abebbte, fuhr Willibald Kagerer fort: »Für uns, liebe Traudl, hättest du deinen Engel nicht bemühen müssen. Rationale Argumente hätten genügt, um uns zu überzeugen. Im Ergebnis bin ich deiner Meinung. Wir sollten das Naherholungsgebiet unberührt lassen, aber damit die Trasse, die das Wohngebiet berührt, keine ungebührliche Lärm- und Verkehrsbelästigung mit sich bringt, schlage ich vor, auf dem fraglichen Abschnitt die Geschwindigkeit auf vierzig Kilometer pro Stunde zu begrenzen. Das wäre in unserem Beschluss als Bedingung aufzunehmen.«

Der Vorschlag Willibald Kagerers fand breite Zustimmung. Mehr als zwei Drittel der Fraktion stimmten dafür und es blieb offen, ob sie die *Bildzeitung*, die vielen Wählerstimmen oder Holbeins Engel überzeugt hatten.

Nach der Sitzung stellte sich Kagerer Frau Holbein, die enteilen wollte, in den Weg. »Traudl«, sagte er, »kann ich dich kurz unter vier Augen sprechen.« Frau Holbein nahm ihn mit in ihr Büro. Sie saßen sich gegenüber am runden Tisch. Die Sekretärin servierte Tee. Kaffee mied Traudl Holbein seit der Zeit ihrer Schlafstörungen, obwohl sie mittlerweile ihre Gebetsstärke der Nervenerregung entgegensetzen konnte.

»Traudel«, begann Kagerer, »was ist los mit dir? Was soll deine plötzliche Gebetsleidenschaft in der Öffentlichkeit, zuerst am Volkstrauertag, dann heute in der Fraktionssitzung? Und zu allem Überfluss noch diese Engelsgeschichte. Die Leute wollen keine Betschwester an der Spitze der Stadt und schon gleich keine Esoterikerin, die eingebildeten Engeln nachläuft. Nimm doch Vernunft an. Daheim kannst du beten so viel du willst und von mir aus auch von Engeln träumen. Aber verschone deine Mitmenschen damit. Die wollen davon nichts wissen. Die wollen, dass ihre Angelegenheiten von einer zupackenden, lebensfrohen und lebensklugen Praktikerin erledigt werden und nicht von einer Sternguckerin.«

Traudl Holbein wirkte nicht betroffen. Sie sah Kagerer ins Gesicht, ohne ihn zu fixieren. Eher erschien es ihm, als schaue sie durch ihn hindurch.

»Willibald, ich muss mich doch wundern über dich«, sagte sie dann. »Ich dachte immer, ich sei in einer christlichen Partei und jetzt löse ich einen Skandal aus, wenn ich mit meinen Parteifreunden beten möchte. Wir leben ja in einem exhibitionistischen Zeitalter. Sie können öffentlich vor laufender Fernsehkamera über ihre Orgasmusprobleme reden, nackt auf der Theaterbühne herumspringen und den Coitus mimen vor bürgerlichem Premierenpublikum, sie können vor der Kamera pinkeln und sich als Flagellant austoben. Aber wenn sie öffentlich beten, ist das peinlich, überaus peinlich, das verletzt das Schamgefühl meiner Parteifreunde. Und dann diese Engel. Ein einziges Ärgernis! Jeder steckt sie in Rauschgold auf den Weihnachtsbaum, der Christkindlmarkt ist voll davon, in den Barockkirchen wimmelt es von Engeln, die den Hirten auf dem Felde Christi Geburt verkünden. Nun, wenn es damals Engel gegeben hat, warum soll es heute keine mehr geben? Offenbar fällt es dem Menschen heute leichter, an fliegende Untertassen als an fliegende Engel zu glauben. Tut es eine oder einer doch, ist er reif für die Klapsmühle. Du siehst, Willibald, dein und deiner Freunde Schamgefühl beeindruckt mich nicht. Ich meine, ich sehe klarer als ihr. Vielleicht bin ich eurer Zeit voraus. Die junge Generation ist wieder stärker auf der Suche nach dem Spirituellen. Ich halte es nicht für ausgeschlossen, dass ich mit ihr über Engel reden kann.«

Willibald Kagerer fühlte sich etwas in der Defensive. Dabei hatte er gedacht, es sei ein Leichtes, Traudl Holbein der Unvernunft zu überführen. Um Zeit zu gewinnen, nahm er den letzten Schluck aus seiner Kaffeetasse. Er schmeckte kalt und abgestanden.

»Traudl«, setzte er dann neu an, »ich möchte mit dir nicht über Theologie und darüber streiten, wie viele Engel auf eine Nadelspitze gehen. Davon verstehe ich nichts. Aber nehmen wir die Dinge nüchtern und praktisch, wie es der politische Alltag erfordert. Du bist nicht Oberbürgermeisterin von Gottes Gnaden, sondern von den Bürgern dieser Stadt gewählt und in deinem täglichen Geschäft von der Zustimmung unserer Fraktion abhängig, die

die absolute Mehrheit im Stadtrat hat. Deine Parteifreunde in der Fraktion wollen nicht mit dir beten und wenn sie es noch so nötig hätten. Sie wollen auch nichts von deinen Engeln wissen, obwohl sie die Weihnachtsgeschichte kennen. Offenbar kaufen sie auch keine Schmöker in esoterischen Buchhandlungen. So sind sie und so musst du sie nehmen, wenn du mit ihnen regieren willst. Also, entweder lässt du sie und die gesamte Öffentlichkeit in Ruhe mit diesen spirituellen Anwandlungen oder du musst über kurz oder lang von deinem Amt zurücktreten und dein Geld als Wanderpredigerin einer Engelssekte verdienen. So ist die Lage, Traudl! Du solltest in Ruhe darüber nachdenken.«

Kagerer, sonst eher ironisch-unterkühlt, hatte sich zunehmend erhitzt. Die letzten Sätze klangen laut und scharf.

Traudl Holbein erschrak etwas über diese aufkeimende Feindschaft. Sie sah nicht mehr durch Kagerers Gesicht hindurch. Sie blickte ihm vielmehr fest in die Augen, als wollte sie ihre Standfestigkeit demonstrieren. Dann stand sie auf, gab Kagerer die Hand und sagte: »Ich denke immer nach, Willibald, darauf kannst du dich verlassen!«

V

Dr. Ignaz Edelmut war nicht einsam in seinen spirituellen Aufschwüngen. Abgesehen von seiner Ehefrau Kunigunde, die regelmäßig von Begegnungen mit ihrem Schutzengel berichtete, hatten sich mittlerweile nicht weniger als zwanzig Damen aus seinem Bekanntenkreis, teils Patientinnen, teils Gesinnungsfreundinnen aus anthroposophischen Zirkeln, der Engelwelt geöffnet. Auch ein männlicher Patient, pensionierter Studienrat mit den Fächern Latein und katholischer Religion, der unter hartnäckigem Sodbrennen gelitten hatte, berichtete ihm von Engelserscheinungen und war seither nicht mehr übersäuert.

Edelmuts Beziehung zu Traudl Holbein allerdings, die hatte eine ganz andere, höhere Intensität. Manchmal gestand er sich ein, dass da auch Erotik im Spiel war. Trotz zunehmender Vergeistigung, strahlte Frau Holbein noch immer eine Vitalität aus, der seine magere Männlichkeit gerne geantwortet hätte. Aber dass die Natur von unten an den Menschen herantritt, das sollte ja bei Leibe nicht Gegenstand dieser Beziehungen sein. Es ging um die höhere Wirklichkeit, die über allen steht und waltet. Und so rief Ignaz Edelmut seine Männlichkeit stets zur Ordnung, wenn sie sich regte, um sich mit Frau Holbein in der Engelwelt zu treffen, die bekanntlich geschlechtsneutral ist.

Sie verabredeten sich mindestens einmal in der Woche und tauschten ihre Erfahrungen mit der höheren Wirklichkeit aus. Das geschah zwar in der Praxis des Dr. Edelmut, wurde von diesem aber nicht nach der Gebührenordnung für Ärzte abgerechnet. Sie zogen die Praxis dem häuslichen Bereich nur deshalb vor, weil dort das reine Weiß den spirituellen Aufschwung förderte, vielleicht auch, weil sie dort von Ehefrau Kunigunde unbehelligt blieben und somit jedem Rechtfertigungszwang ihrer Zweisamkeit enthoben waren.

Dr. Edelmut fand Traudl Holbeins Bekennermut vor der Rathausfraktion bewundernswert. Er hörte es auch gerne, dass sie mehr und mehr von Kräften berichtete, die hinter den sinnlich wahrnehmbaren Dingen wirkungsmächtig waren und die sie spürte wie einst die Jünger an Pfingsten den Heiligen Geist.

Aber wovon er träumte, das war der große Durchbruch in der Öffentlichkeit, den er mit Hilfe der Oberbürgermeisterin zu erreichen hoffte. Zu einer riesigen Menschenmenge sollte sie vom Balkon des Rathauses sprechen und alle sollten sie hören und spüren, dass der Engel mit ihr war, sollten das Rauschen seiner Flügel vernehmen und den Schauer, den seine Lichtstofflichkeit durch ihre plumpen Körper rieseln lässt.

»Höre auf mich, Traudl«, sagte er. »Du bist berufen, du bist auserwählt! Dir ist der Engel erschienen, weil du ein hohes öffentliches Amt hast, weil du eine Hirtin bist, der die Schäflein folgen. Du sollst die Bürger dieser Stadt herausführen aus ihrer babylonischen Gefangenschaft, aus der Sklaverei einer materialistischen Welt. Du kannst dich dieser Berufung nicht entziehen, ihr nicht davonlaufen. Gehe in dich, versenke dich im Gebet, bitte um Erleuchtung und dein Engel wird dir verkünden, wann und wie du vor das Volk treten sollst, um ihm den Anbruch eines neuen Zeitalters zu verkünden, eines Zeitalters der Spiritualität, in dem der Friede des Herrn mit uns allen ist.«

Traudl Holbein kämpfte mit sich. Wenn sie die Praxis des Ignaz Edelmut verließ, schwebte sie auf Wolken. Sie spürte, dass sie ein Teil jener unendlich strömenden Energie war, die die Welt antreibt. Sich zu ihr zu bekennen, konnte ihr Schaden nicht sein. Sie würde sie tragen, ganz gleich wohin. Das große Bekenntnis, es musste sein, wollte sie nicht ersticken an der spirituellen Kraft, die in sie gefahren war.

Wenn sie dann allein zu Hause an ihrem kalten, stahlbeinigen Schreibtisch im funktionalistischen Bauhausstil saß, auf den sie immer so stolz gewesen war, erlosch das Feuer in ihr und es kehrte eine ekelhafte Nüchternheit ein. Sie erinnerte sich der Jurisprudenz, die sie erlernt hatte mit all ihren Spitzfindigkeiten. Sie sah die Paragraphen der Gemeindeordnung vor sich, die ihr ihre Aufgaben zuwies und da war von Engelsbotschaften nicht die Rede. Jonglieren musste sie zwischen den Interessen ihrer Bürger, den Großen gehorchen und den Kleinen nach dem Mund reden. Ihr Engel wollte ihr dabei nicht helfen.

Vielleicht aber ist der Sonntag doch der Tag des Herrn. Schon um sieben Uhr läuteten die Glocken von den zwei katholischen Kirchtürmen ihrer kleinen Stadt und weckten sie auf. Die evangelischen hatten es nicht so eilig. Sie folgten erst um neun Uhr.

Ein großes Trachtenfest sollte heute die Altstadt und das Sportstadion beleben und mit Tschindarabum die lähmende Stille des arbeitsarmen Tages vertreiben. Aber das begann erst um elf Uhr mit dem Aufmarsch auf dem Marktplatz und der Eröffnungsrede der Oberbürgermeisterin vom Rathausbalkon. Bis dahin waren noch vier Stunden Zeit.

Traudl Holbein träumte vor sich hin. Sie wusste, dies war die Zeit ihres Engels, und sie hoffte, er würde kommen.

Er sah noch immer so aus wie auf dem Bild ihrer Kindheit. Nur größer erschien er ihr, mächtiger und strahlender, wie er da am Ende ihres Bettes stand. Auch waren seine Flügel nicht mehr weiß, sondern aus Gold, obwohl Gold doch zu schwer sein musste zum Fliegen.

»Traudl«, sagte er mit leiser aber sicherer Stimme. »Warum bekennst du dich nicht zu mir? Warum traust du mir nicht? Warum stehst du einmal bei mir und einmal bei denen, die mich leugnen? Gehe endlich über die Brücke und breche sie hinter dir ab, damit du nicht zurück kannst. Bist du auf meiner Seite, kann dich nichts mehr anfechten, so viel sie dich auch schmähen. Du bist stärker, du bist höher als alle Vernunft. Heute ist der Tag des Herrn. Heute sollst du dich bekennen. Du wirst über ihnen stehen und sie werden zu dir aufschauen, dumpf, bierdurstig und unerlöst. Und plötzlich werden sie spüren, dass du erleuchtet bist. Ja sie werden es schon sehen an dem Strahlenkranz, der dich umgibt. Sie werden es hören an deiner Stimme, die sich zu mir bekennt und viele werden dir folgen hinüber ans andere Ufer, auf unsere Seite. Die, die zurückbleiben werden dich verspotten, werden dich eine arme Irre schelten. Aber ihr Spott wird dich nicht mehr berühren.«

Das war es, was ihr Engel ihr sagte. Und sie antwortete ihm mit keinem Wort. Sie brauchte ihre Gedanken ja auch nicht in Worte zu fassen. Der Engel sah durch sie hindurch und wusste, dass sie heute gehorchen würde.

Als sie auf den Rathausbalkon hinaustrat, war der Marktplatz gefüllt mit den Marschkolonnen ländlicher Traditionsträger. Jede Region wahrte ihre Einheit in Farbe und Schnitt der Kleider und der Kopfbedeckungen und grenzte sich ebenso sorgfältig ab von den Trachten der Nachbarregion. So fügten sich Einheit und Vielfalt zu einem klar gegliederten Bild von angenehmer Farbigkeit. Wie gut zu überschauen und leicht zu regieren, dachte Frau Holbein. Aber heute Abend werden sie ihre Trachten wieder ausziehen und in ihren Kaufhausflitter schlüpfen und die künstliche Einheit wird zerfallen in Gestaltlosigkeit.

Der Kulturreferent hatte ihr eine Rede aufgeschrieben. Sie begann daraus vorzulesen. Da fand sich Rühmendes über die Traditionspflege auf dem Lande, von der die Städte manches lernen könnten, über gemeinsames Brauchtum, das dem Zerfall der Gesellschaft entgegenwirke und Gemeinschaft bilde, über Qualität und Geschmack, die die Trachten verkörpern im Unterschied zu vielen modernen Kaufhausprodukten.

Da war aber auch Kritisches eingestreut über die romantische Verklärung einer heilen bäuerlichen Welt, die längst nicht mehr existiert und wohl auch nie existiert hat und über die Gefahr der Erstarrung, die aus dem Festhalten an Modeelementen des achtzehnten Jahrhunderts erwachsen kann.

Ein wenig spürte Frau Holbein Unruhe unter den Trachtlern als sie deren Vereinsgeist so in Frage stellte.

›Jetzt muss ich den Kulturreferenten beiseite schieben‹, sagte sie sich. ›Jetzt komme ich selbst mit meinem Glauben, der mir Kraft gibt, mit meinem Schutzengel, der mich auf seinen Flügeln trägt.‹

»Liebe Mitbürgerinnen und Mitbürger«, sagte sie. »Ihr hütet den Schatz einer reichen Tradition, die ihr pflegt und weitergebt an die nächste Generation. Aber dies ist nur ein ganz kleiner Ausschnitt aus dem riesigen Strom einer zweitausendjährigen Geschichte, die uns alle trägt, der zweitausendjährigen Geschichte des Christentums. Ist die Tradition eurer Trachten etwas, was uns äußerlich kleidet und zusammenhält, so erfüllt uns der kraftvolle Strom christlicher Überlieferung tief in unserem Innern. Er spendet uns unerschöpfliche Energie, wenn wir uns ihm öffnen, er erschließt uns eine höhere Wirklichkeit, die über und hinter den Dingen webt. Ich habe es selbst erfahren, wie mir diese Kraft zuwuchs, als ich wieder lernte, mich ins Gebet zu versenken, mich in Demut vor einer höheren Macht zu beugen, statt mich selbst zu überschätzen. Wir sind auch nicht allein, wenn wir uns auf den Weg zu einer höheren geistigen Wirklichkeit begeben. Gott schickt uns seine Boten, die uns helfen, Gott schickt uns seine Engel. Ihr findet sie in der Weihnachtsgeschichte, ihr seht sie in unseren herrlichen Barockkirchen. Unseren Vorfahren waren sie gegenwärtig, waren sie ständige Begleitung im Ringen um Erleuchtung und Erlösung. Nur ein armseliges materialistisches Zeitalter leugnet die Welt der Engel, verbannt sie in Märchengeschichten für Kinder. Ich aber sage euch, die Engel sind lebendig unter uns. Ihr müsst ihr Bild nur hereinlassen zu euch. In meinem Leben hat mein Schutzengel wieder seinen Platz. Heute Morgen ist er an meinem Bett erschienen und hat mich beauftragt, euch zu verkünden, dass es die Welt der Engel gibt, heute genauso wie zur Zeit der Geburt Christi und dass sie sich auch euch erschließt, wenn ihr nur die Herzen öffnet in Demut!«

Traudl Holbein sah hinab auf die vielen Köpfe unter Trachtenhüten und -hauben und sie bemerkte mit Wohlgefallen, dass sich viele Hauben hoben und darunter gläubige Frauenaugen zu ihr heraufleuchteten. Unter den männlichen Trachtlern aber entstand Unruhe. Ja vereinzelt hörte man Gelächter aufkommen, besonders unter den oberbayerischen Trachtenvereinen, die mit ihren ledernen Kniebundhosen und schwarzen Haferlschuhen standfest nach unter verwurzelt schienen.

Es war der Trachtenverein Tegernsee, aus dem, gleich nach der rührenden Stelle, an der die Oberbürgermeisterin das Erscheinen des Engels schilderte, die dröhnende Stimme des Schlossermeisters Zangerl über den Marktplatz hallte:

»Hör doch auf mit dem Krampf«, schrie der Mann. »Hysterische Krampfhenna, spinnerte!«

Einige Sekunden war es mäuschenstill auf dem Platz. Dann brach hemmungsloses Gelächter aus, das sich von der oberbayerischen Trachtenlandschaft fortpflanzte über Franken, Hessen, Thüringen, Sachsen, die schlesischen und sudetendeutschen Vertriebenen, um nur einige Vereine zu nennen, bis schließlich der ganze Platz mit vulgärem Gebrüll die Engelwelt verscheuchte.

Nur ganz vereinzelt hörte man dazwischen weibliche Stimmen unter bunt bestickten Kropfbändern zur Besinnung mahnen. Sie hatten keine Chance.

Traudl Holbein stand mehrere Minuten stumm und aufrecht und ertrug das Gelächter wie ein Martyrium. Dann zog sie Willibald Kagerer, der hinter ihr gestanden hatte, mit sich hinein in den dunklen Gang des Rathauses. Dort erwartete sie schon Frau Ruland, in tiefer Sorge um ihre Chefin, und sie beide geleiteten die Oberbürgermeisterin in ihr Dienstzimmer.

»Das hast jetzt von dei'm damischen Engel«, sagte Willibald Kagerer wenig einfühlsam.

»Lass mich in Ruh und verschwind', verschwind', verschwinde!«, schrie Frau Holbein.

Und als Kagerer das Zimmer verlassen hatte, setzte sie sich an ihren Schreibtisch, legte ihren Kopf auf die Platte und weinte, weinte zum ersten Mal in den Mauern des Rathauses.

Frau Ruland nahm sich ein Herz, überwand die Distanz, die sie bisher von ihrer Chefin getrennt hatte und strich ihr behutsam über das kurz geschnittene Haar.

VI

Roland Winkelmaß las den Skandal in der Zeitung. Er verachtete Trachtenvereine und hatte daher auch keine Notiz vom großen Trachtenaufmarsch in der Stadt genommen. Jetzt sah er auf der ersten Seite des Abendblattes ein Foto mit wild gestikulierenden Trachtlern, auf die Traudl Holbein von ihrem Rathausbalkon ratlos hinabblickte. »Skandal um OB Holbein. Leidet die Oberbürgermeisterin an religiösen Wahnvorstellungen?«, lautete die Überschrift in dicken roten Buchstaben.

Und nachfolgend war schwarz in Normalgröße zu lesen: »Schon am Volkstrauertag und in Fraktionssitzungen des Stadtrats war OB Holbein durch öffentliche Gebete und Berichte über Engelserscheinungen aufgefallen. Jetzt schockierte sie die auf dem Marktplatz aufmarschierten Trachtenvereine mit ihren religiösen Wahnvorstellungen, ermahnte sie zu religiöser Einkehr und zur Öffnung für die Botschaften von Engeln, wobei sie sich auf einen Auftrag ihres eigenen Schutzengels berief. Die Mitglieder der Trachtenvereine waren von dieser Begrüßung befremdet und reagierten mit Unmutsäußerungen. Ein Zwischenrufer beschimpfte die Rednerin als ›Krampfhenne‹. Frau Holbein musste ihre Rede abbrechen und sich vom Balkon zurückziehen. Fraktionsvorsitzender Willibald Kagerer, um seine Meinung zu diesem Vorfall befragt, äußerte: ›Frau Holbein ist offensichtlich völlig überarbeitet und ein Opfer ihrer überreizten Nerven. Sie sollte sich gründlich erholen. Dann wird sie wieder die Tatkraft und den Realitätssinn zeigen, den wir von ihr gewohnt sind‹.«

›So musste es kommen‹, dachte Roland Winkelmaß. Aber er empfand dabei keine Genugtuung, eher Mitleid. Die Engel hatten seine Freundschaft mit Traudl Holbein unterbrochen. Schon seit Wochen hatte er sie nicht mehr gesehen. Aber seine Gedanken beschäftigten sich häufig mit ihr und ihren Erscheinungen. Was hatte es damit auf sich? Tat er ihr Unrecht? Sah sie etwas, was er nicht sehen wollte?

Er ging in esoterische Buchhandlungen, aber er fühlte sich fremd darin. In seiner schwerfälligen, krawattengeschnürten Diesseitigkeit stand er in merkwürdigem Gegensatz zu den meisten Kunden, leichtfüßigen jungen Leuten in ausgefransten Jeans und Turnschuhen, die unbekümmert zwischen dieser Welt und außerirdischen Phänomenen hin- und hersprangen, als ginge es um kindliches Seilhüpfen. Er griff sich einige Bücher, in denen von Engeln und ihren Botschaften die Rede war und las an vielen Abenden darin. Meist waren es Frauen, denen Engel begegneten. Männer schienen sie eher zu meiden.

Die Botschaften der Engel richteten sich nach dem Bildungsgrad der Empfängerinnen. Oft ging es um Ratschläge in alltäglichen Dingen, Voraussagen über den Verlauf einer Reise, eines Liebesabenteuers oder einer Krankheit.

Akademikerinnen vernahmen auch philosophische Ratschläge über die rechte Haltung zum Leben und zum Tod. Alle Berichte klangen nüchtern und keineswegs so, als litten die Damen an überreizten Nerven oder gar an einer Psychose, für deren Behandlung die psychiatrische Klinik zu empfehlen gewesen wäre. Dennoch konnte er sich des Eindrucks nicht erwehren, als hätten sich die Empfängerinnen von Engelsbotschaften aus dem, was für ihn Realität war, partiell ausgeklinkt und sähen die Welt nun mit anderen Augen, so wie Anhänger der Christian Science Krankheit für Irrtum halten oder die Zeugen Jehovas den Untergang der Erde nahe wissen. Manchmal dachte er daran, einen Pfarrer zu befragen, denn der musste ja Experte sein in Engelsfragen. Kurze Zeit vor dem Trachtler-Skandal saß er in einem Konzert zufällig neben Pfarrer Siebenschein. Ein junger Pianist spielte die Englischen Suiten von Bach.

Zu Pausenbeginn fragte Winkelmaß den Pfarrer, ob Bach wohl an die Existenz von Engeln geglaubt habe. Pfarrer Siebenschein war nicht überrascht. Er wurde in letzter Zeit in den merkwürdigsten Zusammenhängen nach Engeln gefragt.

»Mir sind keine Äußerungen von Bach über Engel bekannt«, sagte er. »Aber es war nicht seine Art, etwas in Zweifel zu ziehen, was in der Bibel steht und dort wird bekanntlich von Engelserscheinungen berichtet. Eine andere Frage ist, ob er einen lebendigen Bezug dazu hatte. Dass ihm Engel erschienen sind, glaube ich nicht. Seine Religiosität, die durchaus in mystische Tiefen reichte, bedurfte keiner Bilder und keiner sinnlichen Wahrnehmung, sie lebte in der Musik, also in einem abstrakten Medium.«

Sie standen jetzt vor dem Foyer im Treppenhaus. Das Stimmengewirr der Pausenplauderer erreichte sie nur mehr leise, so dass auch sie ihren Engelsdisput mit gedämpfter Stimme führen konnten.

»Es dürfte Ihnen nicht entgangen sein, Herr Pfarrer«, setzte Roland Winkelmaß neu an, »dass Engel in letzter Zeit, ich würde fast sagen, wieder in Mode gekommen sind. Esoterische Buchhandlungen sind voll mit Engelsliteratur, in der Frauen ihre Engelserscheinungen schildern. Auch unsere Oberbürgermeisterin behauptet neuerdings, sie sei ihrem Engel begegnet. Was halten Sie denn von solcher Engelsrenaissance?«

Pfarrer Siebenstein lächelte wissend, denn er hatte sich auf solche Fragen eine Antwort zurechtgelegt, die er für schlüssig und leicht verständlich hielt.

»Spätestens seit Kant wissen wir doch, lieber Herr Winkelmaß«, begann er, »dass wir das Ding an sich nicht erkennen können, sondern nur das, was uns unsere Sinneswerkzeuge und unser Gehirn als Objekt abbilden. Hätten wir einen anderen Erkenntnisapparat, sähe die Welt für uns ganz anders aus. Wir können auch nicht erkennen, wie die Kraft beschaffen ist, die hinter oder über den Dingen lebendig ist und unsere Welt bewegt. Wir spüren nur, dass sie da ist, jedenfalls in den Stunden, in denen wir uns dafür öffnen. Aber der Mensch gibt sich nicht zufrieden mit dem, was er spürt. Er will sich ein Bild machen von den überirdischen Mächten, er will sie personalisieren. So war die Welt des Altertums bevölkert mit Göttern und Götterboten. »Ich bin der Herr, dein Gott. Du sollst keine anderen Götter neben mir haben«, verkündete Moses demgegenüber. Die Welt wurde abstrakter, götterarm, monotheistisch. Das ist unsere, die moderne Welt. Die Sehnsucht zurück zur Vielfalt, zum Götterreichtum ist allerdings nie ausgestorben. Schon die Sache mit der Dreifaltigkeit, Gott Vater, Sohn und Heiliger Geist können wir nicht so leicht monotheistisch erklären. Die Katholiken ließen auch noch die Mutter Gottes in den Himmel aufsteigen und ernannten ein Heer von Heiligen, als Mittler und Fürbeter zu Gott. Und jetzt erleben wir die Wiederkehr der Engel, der Boten Gottes! Götterboten kannten schon die alten Griechen. Es ist immer wieder dieselbe Sehnsucht, die abstrakte geistige Verbindung mit Gott zu personalisieren, sinnlich erlebbar zu machen. Niemand begrüßt das neu erwachte Interesse am Spirituellen mehr als ich. Aber müssen wir uns dazu Ausdrucksformen bedienen, die längst überwunden sind? Gibt es nicht direktere, abstraktere Wege der inneren Einkehr, der Meditation? An Engel, meine ich, brauchen wir uns nicht zu klammern, um dem Absoluten näher zu kommen.«

Pfarrer Siebenschein war ins Predigen gekommen. Zwei Klingelzeichen hatte er schon überhört. Jetzt eben ertönte das dritte.

»Wir müssen auf unsere Plätze, Herr Pfarrer«, sagte Roland Winkelmaß. »Es läutet schon zum dritten Mal. Was sie sagen, entspricht übrigens ganz meiner Überzeugung. Ich hätte es nur nicht so klar ausdrücken können. Aber ich hatte das sichere Gespür, dass diese Sache mit den Engeln nicht stimmig sein kann. Nur Frau Holbein wollte das leider nicht einsehen.«

Während sie sich als Letzte in ihre Sitzreihe drängten, bemerkte Pfarrer Siebenschein noch: »Wohin dieser Engelskult führt, können Sie dem Anzeigenteil der heutigen Zeitung entnehmen. Da bietet eine Frau unter ›Gemischtes‹ Engelsbotschaften gegen Entgelt an. Sie müssen das nachlesen. Es gibt keinen Modetrend, aus dem nicht Geld gemacht wird, auch im Spirituellen.«

Der Pianist betrat wieder die Bühne, Beifall begrüßte ihn. Dann herrschte Stille. Er sammelte sich. Mit der linken Hand schlug er das Thema des Préludes der V. Suite an. Bald stimmte die rechte Hand eine Quart höher mit demselben Thema ein. Die Stimmen liefen nebeneinander her, mischten sich, klangen zusammen, um sich wieder zu trennen. Ruhig zogen sie ihre Bahn, als hätte sie ihnen eine höhere Ordnung vorgegeben.

VII

Manchmal war Winkelmaß ehrlich gegenüber sich selbst. Dann gestand er sich ein, dass es ihm nicht um Engel ging, sondern um Traudl Holbein. Er hatte die Hoffnung nicht aufgegeben, die Freundschaft mit ihr wieder beleben zu können und er glaubte, nur die Engel stünden dem im Wege. Also sammelte er Munition gegen die Engel.

Da er nach der Predigt von Pfarrer Siebenschein das Gefühl hatte, schon recht gut aufgerüstet zu sein, versuchte er erste Fäden zu knüpfen und rief Frau Ruland im Rathaus an. Nein, die Oberbürgermeisterin sei nicht im Dienst, sagte sie. Sie erhole sich. Wo und wie lange noch, das dürfe sie nicht sagen. Da habe sie ganz strenge Weisung.

›So bleibt Zeit, die Aufrüstung zu verstärken‹, dachte Winkelmaß, und er holte aus seinem Leitzordner mit der Aufschrift »Engel« das sorgfältig ausgeschnittene Inserat, auf das ihn Pfarrer Siebenschein aufmerksam gemacht hatte.

»Ihr Schutzengel kennt Ihr Schicksal. Wollen Sie seine Botschaft hören? Wählen Sie Tel.-Nr. ...«

Er wählte. Die Dame an der Leitung nannte ihren Namen nicht. Sie bestätigte nur die Nummer und fragte nach seinem Anliegen. Sie hatte eine sehr harte, zupackende Stimme.

Winkelmaß sagte, er wolle seinen Engel befragen in einer wichtigen, für ihn schicksalhaften Angelegenheit.

»Sind Sie Journalist?«, kam es misstrauisch zurück. Er verneinte.

»Geht es wirklich um Ihr persönliches Schicksal, nicht um Neugier, um Sensationshascherei, um Wetten, Jux und Ähnliches. Sie glauben ja gar nicht, was ich alles für Anrufe bekomme.«

Winkelmaß beteuerte seine Ernsthaftigkeit.

»Wissen Sie«, sagte die Dame, »so ein Dialog mit dem Übersinnlichen ist keine Plauderei. Es bedarf erheblicher seelischer Anstrengungen von meiner Seite, um die Verbindung herzustellen. Es geht um höchste Konzentration bei meditativer Versenkung. Meist falle ich danach in einen längeren Erschöpfungszustand. Ich kann daher an einem Tag auch nur eine solche Sitzung verkraften und muss dazwischen oft mehrere Tage aussetzen. Sie werden verstehen, dass ich für eine solche Sitzung auch einen angemessenen Preis verlangen muss. Er beträgt hundertachtzig Euro, die in bar zu entrichten sind. Aber man hat ja auch nicht alle Tage Schicksalsfragen, die man seinem Engel stellt. Nun, Sie können sich die Sache noch einmal durch den Kopf gehen lassen und mich erneut anrufen, wenn Sie entschlossen sind. Aber wenn Sie wünschen, machen wir gleich einen Termin aus, und ich nenne Ihnen meine Adresse.«

Hundertachtzig Euro waren viel Geld. Aber Winkelmaß dachte an sein Ziel. Was haben Männer schon an Geld ausgegeben, um eine Frau zu erobern. Hundertachtzig Euro hielten sich da im Rahmen. Er sagte für den kommenden Donnerstag um fünfzehn Uhr zu und erhielt eine Adresse und einen Namen: Roswitha Himmelstoß.

Die Dame, die ihm die Wohnungstüre im ersten Stock eines alten Mietshauses öffnete, hatte nichts Überirdisches an sich. Sie mochte etwa Mitte fünfzig sein, versuchte aber mit aufgeblondetem Haar und indezentem Make-up die Zeit rückwärts zu drehen. Ein hellroter Blazer, beige Hosen und hellrote Pumps erinnerten eher an flottes Strandleben als an Engelsbeschwörung. Auch die Einrichtung des Wohnraums, in den Winkelmaß geführt wurde, drängte sich unangenehm auf. Buntes Blumenmuster, wo immer er hinblickte, auf den Polstern der ausladenden Couchgarnitur, auf den üppig drapierten Vorhängen und auf der Tapete, mit der die Wand hinter der Couch beklebt war.

Auf dieser Couch musste er Platz nehmen, während Frau Himmelstoß im rechten Winkel zu ihm auf einem weit höheren Stuhl mit hölzernen Armlehnen saß.

Frau Himmelstoß erzählte zunächst von sich.

»Glauben Sie nicht, ich sei mit Engeln groß geworden. Gleich nach der Konfirmation bin ich nicht mehr in die Kirche gegangen und geglaubt habe ich gar nichts. Das blieb so bis zu einem schweren Autounfall mit zweiundvierzig Jahren. Ich hatte Verletzungen an der Wirbelsäule und die Frage war, ob ich wieder werde gehen können. Da habe ich das Beten neu gelernt und eines Tages ist beim Nachtgebet der Engel erschienen und hat mir gesagt, dass ich wieder gesund werde. Am nächsten Tag hatte ich die Kraft, ein Stück zu gehen. Seitdem weiß ich, dass mir die Fähigkeit gegeben ist, mit der Welt der Engel in Verbindung zu treten. Eines Tages wollte ich einer Freundin helfen, die in Not war. Ich versuchte ihren Schutzengel aus der Engelwelt herbeizurufen, damit er ihr Rat gibt. Und siehe, es gelang. Seitdem nütze ich diese Fähigkeit für andere. Menschen aus allen Schichten kommen zu mir, auch Politiker, Vorstandsmitglieder, bedeutende Künstler, Spitzensportler. Die meisten sind zufrieden mit dem, was ihnen ihr Engel sagt. Aber jetzt kommen wir zu Ihnen, Herr Winkelmaß. Vielleicht darf ich Sie bitten in das kleine Mäppchen, das vor Ihnen liegt, das vereinbarte Honorar zu legen.«

Erst jetzt sah Winkelmaß, dass vor ihm auf dem Couchtisch ein schwarzes Ledermäppchen lag, wie es in vornehmen Restaurants zum Präsentieren der Rechnung benutzt wird. Es war aufgeschlagen, enthielt aber keine Rechnung. Winkelmaß legte hundertachtzig Euro hinein. Frau Himmelstoß klappte es eilends zu und ließ es in einer kleinen Schublade des Couchtisches verschwinden.

»Nun, Herr Winkelmaß, nennen Sie mir die Frage, die Sie an Ihren Engel richten wollen.«

Roland Winkelmaß erzählte von einer Frau, die er liebe, mit der er sich aber zerstritten habe, weil sie andere religiöse Auffassungen vertrete als er. Nun wolle er versuchen, sich ihr wieder zu nähern, kenne aber seine Erfolgschancen nicht. »Die will ich von meinem Engel erfahren.«

Frau Himmelstoß wies ihn an, sich auf die Couch zu legen, den Kopf dicht neben ihrem Stuhl.

»Schließen Sie die Augen«, sagte sie. »Ich werde die Verbindung zur Welt der Engel aufnehmen und Ihren Schutzengel bitten, zu Ihnen zu kommen. Sie dürfen an nichts anderes denken, sondern müssen sich offen halten für die Botschaft aus einer höheren Welt. Zweifeln Sie nicht und sperren Sie sich nicht! Glauben Sie fest daran, dass der Engel zu Ihnen kommt und er wird kommen!«

Winkelmaß hielt die Augen geschlossen. Er spürte, wie der Kopf von Roswitha Himmelstoß ihm näher kam. Er hörte ihren lauten Atem und roch ihr Parfum, ein stechend süßlicher Geruch, den er kaum ertrug. Er drehte seinen Kopf zur Seite.

»Sie müssen sich mir zuwenden«, mahnte Frau Himmelstoß, »sonst kann ich die Engelserscheinung nicht an Sie übertragen!« Winkelmaß zwang sich wieder in die Duftwelle einzutauchen. Er hielt den Atem an, so lange er konnte. Dies erforderte all seine Energie und Aufmerksamkeit. An Engel war nicht zu denken.

»Sie wehren sich gegen die göttliche Eingebung«, sagte Frau Himmelstoß.

»So kann ich mit Ihnen nicht arbeiten. Öffnen Sie sich doch endlich!«

Winkelmaß zwang sich wieder, den süßlich-stechenden Geruch einzuatmen. Ihn ekelte und er musste gegen ein würgendes Gefühl in der Speiseröhre ankämpfen.

»Eben war der Engel uns nahe«, sagte Frau Himmelstoß.

»Aber Sie haben wieder blockiert. Es macht keinen Sinn. Wir müssen die Sitzung abbrechen. Sie wehren sich gegen die Engelwelt. Sie sind ihrer nicht würdig!« Winkelmaß sprang auf. Er war wütend.

»Ich wehre mich nicht gegen die Engelwelt«, rief er. »Ich wehre mich gegen Ihr scheußliches Parfum, das bei mir Brechreiz auslöst!«

»Jetzt werden Sie auch noch unverschämt«, zeterte Frau Himmelstoß zurück.

»Es fehlt Ihnen offensichtlich an Kinderstube, Herr Winkelmaß. Verlassen Sie bitte sofort meine Wohnung!«

So ging Roland Winkelmaß, ohne seinem Engel begegnet zu sein.

VIII

Traudl Holbein weilte nun schon drei Wochen im Kurheim »Waldfrieden«. Der Sanatoriumsarzt Dr. Gutsmut, ein gütiger alter Herr über siebzig, der hier die Langeweile seines Ruhestands ein wenig bekämpfte, hatte nichts an ihr gefunden, was er hätte kurieren müssen. Alle Werte lagen im Normbereich. Sie schlief gut und zeigte guten Appetit, hielt jedoch Maß, so dass sie an keinem Morgen das Normalgewicht überschritt. An der Gymnastik in- und außerhalb des Wasserbeckens nahm sie eifrig teil, auch spielte sie in einer Damen-Volleyballmannschaft, am liebsten vorne am Netz, wo sie auch die niedersten Kümmerlinge noch übers Netz hob und hoch fliegende Bälle so von oben herunter ins gegnerische Feld schmetterte, dass sie nie mehr zurückkamen. Dennoch besuchte sie Dr. Gutsmut täglich, der Gebühren wegen und weil er sie ansehnlicher fand als die meisten ihrer Kurschwestern.

Erst nach drei Wochen allerdings wagte er sich an die heikle Frage heran, wie es denn nun bei Frau Oberbürgermeisterin mit den Engelserscheinungen stehe, die in der Öffentlichkeit so viel Wirbel ausgelöst hätten.

Frau Holbeins Miene, die sonst immer heiter war, verdunkelte sich.

»Es ist zu ärgerlich«, sagte sie. »Seit ich hier im Waldfrieden bin, kommt der Engel nicht mehr.«

»Seien Sie doch froh, Frau Holbein, das erspart Ihnen viel Ärger!«, warf Dr. Gutsmut ein.

»Warum sollte ich froh sein? Ich hatte nicht vor, klein beizugeben nach diesem Spektakel beim Trachtentreffen. Ich wollte es denen zeigen, mit dem Engel an meiner Seite. Und jetzt lässt mich der Engel einfach im Stich.«

»Vielleicht haben ihn die Trachtler verschreckt«, meinte der Doktor. »Die Tegernseer mit ihrer Krachledernen, das ist nichts für Engel!«

»Sie sollten nicht so spotten, Herr Doktor. Sie wissen nicht, was das für ein Gefühl ist, wenn man mit den Himmlischen im Bund ist. Man hat eine Kraft in sich, eine Energie, gegen die kommen alle Spötter und Tegernseer Trachtler nicht an. Da ist man unverwundbar. Aber es hilft ja nichts. Der Engel kommt nicht mehr. Vielleicht ist mein Glaube nicht stark genug gewesen.«

»Das ist wohl nicht der Punkt«, gab Dr. Gutsmut zu bedenken. »Der Glaube allein macht's nicht. Ihr Unterbewusstsein, das schlauer ist als ihr Bewusstsein, kam vielleicht zu der Erkenntnis, dass der Engel nicht zu Ihnen passt, dass er nicht die richtige Ausdrucksform für das ist, was in Ihnen lebendig ist. Schauen Sie doch in den Spiegel! Blickt Ihnen da ein Engel entgegen? Jetzt spotte ich wieder und das mögen Sie nicht. Aber so ätherisch, dem sinnlich-erdhaften entrückt, das ist doch nichts für Sie. Da hat Ihr Unterbewusstsein zu Recht protestiert. Und nur so als Kraft- und Energiespender lassen sich die Engel nicht missbrauchen. Ich glaube, es ist Zeit, dass Sie auf ihren Posten zurückkehren, Frau Holbein, ehe Ihnen die Männer den Oberbürgermeistersessel streitig machen, mit der Begründung, eine Frau habe doch nicht den rechten Realitätsbezug.«

»Ich weiß nicht«, wandte Frau Holbein ein, »so allem abschwören, was ich einige Monate lauthals verkündet habe, ist mir schon peinlich. Übrigens bete ich immer noch, jeden Abend vor dem Schlafen wie in Kindertagen.«

»Also, abschwören brauchen Sie gar nichts, liebe, verehrte Frau Holbein. Sie verkünden keine Engelsbotschaft mehr, weil Sie keine mehr empfangen. Das ist alles. Und Beten ist selbst bei uns noch gesellschaftsfähig, jedenfalls, wenn es in Kirchen oder zu Hause geschieht. Und in Maßen, würde ich sagen. Betschwestern mag man nicht. Das ist wie mit dem Alkohol. Ein Gläschen Wein am Abend, aber nicht die ganze Flasche! Das war jetzt wieder leicht zynisch. Halten Sie's meinem Alter zugute. Ab siebzig sollte etwas Zynismus erlaubt sein. Was das Beten in der politischen Öffentlichkeit anlangt, so ist es schon immer ein Machtinstrument gewesen. Und wenn Sie ganz ehrlich zu sich selbst sind, Frau Holbein, ein wenig wollten Sie auch herrschen über die, die da ihrem Gebet folgen sollten. Es gibt auch eine Herrschaft durch Demut. Manchmal sogar eine Tyrannei.«

»Jetzt demontieren Sie mich aber arg, Herr Doktor. Ich steh

schon ganz klein neben dem Sockel, auf den man mich einmal gestellt hat. Vielleicht kommen meine Füße gar nicht mehr auf den Boden, wenn ich versuche wieder auf den OB-Sessel zu klettern. So bin ich geschrumpft. Aber ich werd's versuchen und morgen aus dem Kurheim abreisen. Ihre Ratschläge lass ich mir durch den Kopf gehen, auch Ihre Zynismen. Jedenfalls danke ich für so viel Interesse an meiner Person.«

Frau Holbein war aufgestanden und streckte Dr. Gutsmut die Hand entgegen zum Abschied.

Der zögerte. »Lassen Sie mich noch schnell Ihren Blutdruck messen«, sagte er. »Das reine Plaudern bringt nur eine geringe Gebühr.«

Er sagte nicht, was er gemessen hatte. Aber sie verabschiedeten sich lachend und ihre Augen begegneten sich in wohlwollender Sympathie.

Roland Winkelmaß hatte seine Spione. Die meldeten es ihm sofort, als Frau Holbein wieder in der Stadt auftauchte. Er wählte ihre Privatnummer. Stets meldete sich der Anrufbeantworter und versprach baldigen Rückruf, wenn man nur die eigene Nummer hinterlasse. Aber nie rief Frau Holbein zurück.

Winkelmaß versuchte es bei Frau Ruland im Rathaus. »Ja, die Frau Oberbürgermeisterin ist schon seit zwei Wochen wieder im Dienst. Es geht ihr ausgezeichnet. Wir sind ja so froh darüber. Ob Sie einen Termin haben können? In welcher Angelegenheit denn, Herr Winkelmaß? Privat? Nun, weil's Sie sind. Ich schreibe Sie ein, auf eigene Verantwortung!«

Herr Winkelmaß kam mit einem großen Strauß gelber Rosen. Rot hatte er für's Erste nicht gewagt, nicht im Rathaus. Frau Ruland wollte ihm den Strauß abnehmen. Aber er klammerte sich daran und Frau Holbein musste ihn schließlich vor sich auf den Schreibtisch legen.

»Prächtig siehst du aus, Traudl!« Winkelmaß rief es in gespielter Munterkeit.

»Warum sollte ich nicht, Roland. Nach drei Wochen faulenzen! Aber was führt dich zu mir? Willst du einen städtischen Auftrag an Land ziehen, und das mit einem Strauß Rosen?«

Roland Winkelmaß lachte gequält. »Du weißt genau, was mich zu dir führt. Du bist mir nie aus dem Kopf gegangen. Du nicht und diese verdammten Engel nicht, die sich zwischen uns geschoben haben. Ich bin ihnen hart auf den Fersen gewesen und habe viel über dieses Himmelsvolk gelernt und wie mit ihm Schindluder getrieben wird. Wenn ich dir das alles erzähle, wirst du von der Engelwelt nichts mehr wissen wollen.«

»Die Mühe brauchst du dir nicht zu machen, Roland. Der Engel besucht mich nicht mehr. Schon seit Wochen nicht, weder morgens noch abends noch überhaupt.«

Traudl Holbein zog ihre Mundwinkel spöttisch nach unten, als sie dies sagte, aber Winkelmaß meinte, einen Anflug von Traurigkeit in ihren Augen zu sehen.

»Nun«, sagte er, »dann steht ja nichts mehr zwischen uns, weder Irdisches noch Überirdisches. Vielleicht hast du sogar das Kitschbildchen aus Kindertagen über deinem Bett entfernt.«

»In der Tat, es ist in der großen Schachtel auf dem Dachboden verstaut.«

Jetzt war nur noch Spott auf Traudl Holbeins Gesicht zu lesen. Aber Winkelmaß wollte es in seiner Begeisterung nicht erkennen.

»Unserer Wiedervereinigung, liebe Traudl, unter einer strahlend weißen, engelfreien Wand steht demnach nichts mehr im Wege!«

»Doch, doch«, erwiderte Frau Holbein trocken. »Vieles steht im Wege, um nicht zu sagen alles. Solange ich auf dem Engeltrip war, hast du dich geniert mit mir. So sehr geniert, dass du dich nicht mehr bei mir blicken ließest. Wer weiß, vielleicht habe ich nächstens eine Teufelserscheinung und du musst dich noch mehr schämen, mit mir liiert zu sein. Du solltest dich nach einer Freundin umschauen, die weniger Phantasie hat. Die passt besser zu dir!«

Frau Ruland klopfte an und meldete den Fraktionsvorsitzenden Kagerer, der draußen wartete.

So ging Winkelmaß nach kurzem, kühlen Abschied. Als er die breite, steinerne Treppe des Rathauses hinunterstapfte, fiel ihm ein, dass er die hundertachtzig Euro bei Frau Himmelstoß nun ganz umsonst ausgegeben hatte.